『坊っちゃん』の夢

名作『坊っちゃん』に秘められた
漱石の暗号と夢の数々

五十嵐正朋

鳥影社

「チャイルド・ハロルドの巡礼──イタリア」
J・M・W・ターナー（ロンドン　テート美術館蔵 © Tate 2013-2014）
ロマン派の大詩人バイロンの長詩からターナーがインスピレーションを得て描いた作品。
漱石はこの絵の松を「ターナーの松」と呼んでいた。

ターナー島（正式名は 四十島（しじゅうしま））
松山市高浜の沖に浮かぶ小さな島（手前）。坊っちゃん、赤シャツ、野だいこが釣りに行った「青嶋」は、この「四十島」がモデルだとされる。漱石の時代のこの島の松は、ターナーが描いた絵の松のイメージに似ていたようだ。1977 年（昭和 52 年）、一本だけ残っていた最後の松も枯れ、その後は、北岡杉雄氏をはじめとする篤志家達の努力によって現状のようによみがえった。　2003 年（平成 15 年）9月 著者撮影

はじめに

漱石には、壮大な〔夢〕があった。
それは、世界に飛び出したばかりのわが祖国を、一刻も早く、先進国の中の一国家として恥じない立派な国に育て上げるという〔夢〕であった。漱石は、そのためには、先ず、立派な教育制度を確立し、それを充実させることが緊急の課題である、と考えた。

漱石は、帝国大学文科大学英文科に在学中の三年の時（明治二十五年）、『中学改良策』と題する教育学論文を発表している。その論文によれば、

――当今、尋常中学校の教師には、何処(いずこ)にて修行したるや素性の知れぬ者多く、僅かの学士及び高等師範学校卒業生を除けば、残りは学識浅薄(せんぱく)なる流浪者多し。之に加えるに、学士にして中等教員たるものは、学あれども教授法に欠け、高等師範学校卒業生は、教授法には精通すれども学識に乏し――

などと述べ、当時の教育制度は実情に合っていないとして、その改善策を提案している。

また、熊本大学構内にある有名な漱石の碑文には、[※1]

夫レ　教育ハ建国ノ基礎ニシテ　師弟ノ和熟ハ育英ノ大本タリ

と刻まれているが、この碑文からも漱石の並々ならぬ教育に対する意気込みが感じられるのである。

名作『坊っちゃん』は、そうした教育に対する漱石の情熱の中から生まれた物語である。

漱石は、一九〇七年（明治四十年）四月、東京帝国大学講師と第一高等学校講師の職を辞して、朝日新聞社に入社した。その直後、この転職に関する自身の思いを『入社の辞』と題して、当時の朝日新聞紙上に載せている。そこには、「大学（東京帝国大学）で講義をする時は、いつでも〈犬〉が吠えて不愉快であった」などという不思議な文章が書かれていた。たかが犬が吠えたぐらいのことで、何故、そんなに不愉快な思いをなさったのであろうか。それが、どうして東大や一高の講師という立派な職を辞さなければならない程重大なことだったのか。

と、考えた時、突然、小説『坊っちゃん』のあの有名な悪役キャラクター・赤シャツを思い出した。赤シャツは、実は、小説の主人公・坊っちゃんから——**わんわん鳴けば〈犬〉も同然なやつ**——と言われていたのであった。

漱石が『入社の辞』に書いた東大キャンパスのうるさい〈犬〉とは、〈いわゆる動物の犬〉

のことではなく、何か、人とか組織とか或いは制度などを、幾分か蔑んだような意味合いも込めて、比喩的に表現したものであったと気づいたのである。そうした旧態依然の東大の権威、或いは慣習のようなものは、漱石にとっては、〈不愉快な犬〉のようなものであったのだ。漱石は、平然と行われていた東大のトップダウン的な権威とか慣習を、悪役の〈赤シャツ〉と称するキャラクターに擬人化し、小説『坊っちゃん』を通して、未成熟な教育界の実態を世間に訴えていたのである。

さて、小説『坊っちゃん』には、美人で誉れ高い〈マドンナ〉というキャラクターがいるが、文壇では、いまだにマドンナのモデルは特定できず、論争が続いている。

私は、取材中、好運にも、まだ世間には知られていない全く新しいマドンナ嬢のモデル候補を発見した。

その女性は、道後では美人で評判の女医さんで、久保祥子（くぼさちこ）さんと言った。

或る日、思い余った漱石は、仮病を使ってその女医さんを訪ね、つい、祥子さんの手を握ってしまった……とか。この話の真相を確認するため、祥子さんのお孫さんに当たる久保 功氏に電話でお訊ねした。電話に出られたのは久保氏の奥様であったが、

「間違いありません。代々、久保家と、祥子お祖母（ばあ）さんの実家である柳井家に言い伝えられてきたお話です。もともと世間に言いふらすようなことでもありませんので……」

とのことだった。

最後に、主人公・坊っちゃんのモデルは、新潟県上越市の人だったという新説を紹介したい。およそ、漱石の生活空間とは馴染(なじ)みの薄い上越市に、一体、どんな根拠があってこのような新説が出現したというのだろうか。新説の提唱者から直接聞かせていただいた不思議な話の概要を紹介させていただく。漱石と、一人の新潟県人の謎めいた関係を知り、世界の文豪・漱石の不思議な一面を見る思いがするのである。

なお、本書における『坊っちゃん』からの引用文は、角川文庫の『坊っちゃん』から引用したものである。

著者

【※1】〔熊本大学〕 漱石は、明治二十九年四月、第五高等学校講師として熊本に赴任。

『坊っちゃん』の夢

名作『坊っちゃん』に秘められた漱石の暗号と夢の数々

目次

第一章　漱石の青春とマドンナの秘密

◎マドンナのモデル

「マドンナ」……、と言えば、先ず、心に浮かぶのは「青春時代の憧れの女性」……。

そして、若き日の「叶わぬ恋」が、次から次へと流れ雲のように飛んでゆく。

楽しい空想のひと時……。そこへ突然、夏目漱石の小説『坊っちゃん』に登場するあの可憐(かれん)なキャラクター〈マドンナ〉が脳裏をかすめるのである。

――一体、いつの頃から、『坊っちゃん』と言えばマドンナ、マドンナと言えば『坊っちゃん』、ということになったのであろうか――

「マドンナ」とは、イタリア語で「聖母マリア」のことながら、漱石は、そんな事とはお構いなしに、神聖で清らかな「聖母マリア」を、世の男性を手玉に取るあのなんとも可憐な〈マドンナ〉に変身させてしまったのである。

ところで、漱石の小説では、その主要なキャラクターにはだいたい実在のモデルがいたという。漱石本人が言った訳ではないので、その信憑性は定かではないが……。

では、『坊っちゃん』に登場するあの麗しきマドンナにも、果たして実在するモデルがいたのであろうか。

突然だが、島崎藤村の『初恋』に登場する美しい可憐な少女も、やはり、実在のモデルがいたそうだ。

まだあげ初めし前髪の
林檎のもとに見えしとき
前にさしたる花櫛の
花ある君と思ひけり

この〈あげ初めし前髪の少女〉は、藤村のお隣に住んでいた〈大脇家のお文さん〉だと言われている。（藤森 清編著「漱石のレシピ――『三四郎』の駅弁」より）

――もう少しだけ、この美しき青春の思い出・『初恋』の続きを書かせていただこう。いやいや、いっその事、最後まで――

やさしく白き手をのべて
林檎をわれにあたへしは
薄紅(うすくれなゐ)の秋の実に
人こひ初(そ)めしはじめなり

わがこゝろなきためいきの
その髪の毛にかゝるとき
たのしき恋の盃を
君が情に酌(く)みしかな

林檎畠の樹(こ)の下(した)に
おのづからなる細道は
誰(た)が踏みそめしかたみぞと
問ひたまふこそこひしけれ

――夢のような藤村の詩の世界！　静かに瞑想するひと時！――

ところで、もし、藤村の家のお隣に先述の〈大脇家のお文さん〉が住んでおられなかったとしたら、藤村の『初恋』は、この世に存在しなかった……、などという想像は不自然だろうか。

このように考えてみると、「モデルの存在」とは、小説、詩などの文学にとって実に重要な地位を占めているという事が分かる。モデル探しは単なる暇つぶしや遊びではないのである。

もっとも、藤村のことだから、〈あげ初めし前髪の少女〉はいなかったとしても、例えば、隣村に〈前髪をお下げにした少女〉がいたとすれば、〈林檎畠〉が〈葡萄畠〉に変わったりして、全く別の『初恋』が生まれていたかもしれない……。

さて、『坊っちゃん』の話に戻るとしよう。

『吾輩は猫である』では、主役の〈吾輩〉にまでモデルの猫がいたそうだ。

勿論、小説『坊っちゃん』においても、登場人物にはそれぞれモデルがいたらしい。

「あの人のモデルは、実は、私なんですよ」

と、名乗り出る人までいたようだ。

モデルがいたのは何も登場人物だけとは限らない。坊っちゃんが四国辺りの街へやって来て初めて泊まった宿屋の「山城屋」、坊っちゃんと山嵐が、赤シャツと馴染みの芸者との密会を見張っていた「枡屋」、そしてその向かい側の密会場所「角屋」、これらの宿屋や料亭は、当時、すべて実在していたという。勿論、あの有名な道後温泉も……。

そして、小説『坊っちゃん』の大切な登場人物、〈色の白いハイカラ頭の背の高い美人のマドンナ〉にも、勿論、モデルはいた……かな？

ところが、このマドンナのモデルにはいろんな説があって、一体誰がマドンナの本命モデルだったのか、なかなか定まらない。決定的な根拠が見つからないからだ。これまでに語り継がれたマドンナのモデル説はざっと次の通り。

☆美しい兄嫁〈登世さん〉
☆髪を銀杏返しに結った名前の分からない〈可愛い女の子〉
☆美人番付表では大関格として挙げられていた〈遠田ステさん〉
☆世間では、理想の美人と言われている〈大塚楠緒子さん〉
☆一時は、漱石の心を燃やしたと言われている〈日根野れんさん〉
☆美貌の女性ではあるが、漱石との関係など詳しい事情は分からない〈西村小春さん〉

――さて、誰がマドンナの本命のモデルだったのか？――

私は、もう一度『坊っちゃん』を手に取り、停車場で温泉行きの汽車を待つ坊っちゃんが、初めてマドンナを見たところを読み直してみた。

「色の白い、ハイカラ頭の、背の高い美人と、四十五、六の奥さんとが並んで切符を売る窓の前に立っている。おれは美人の形容などができる男でないからなんにも言えないがまったく美人に相違ない。なんだか水晶の珠（たま）を香水で暖（あっ）ためて、掌（てのひら）へ握ってみたような心持ちがした」

とある。不思議な文章だ。

水晶の珠？　水晶の珠を香水で暖ためる？　一体、何のことだろう。

難解な文章だ。

もし、この謎が解ければ、マドンナの本命のモデルは誰のことだったのかが分かるのかもしれない。

◎美しい兄嫁・登世さん

ある人は、漱石の美しい兄嫁・登世さんのことを漱石の「初恋の人」と言う。もしも、それが本当なら、登世さんのことを有力なマドンナ候補に挙げてもいい。が、どうしてそのような話になるのだろう。何か明白な根拠でもあるのだろうか。いろいろと調べてみたが、これまでのところ、確かな根拠となるようなものは何もない。

これは私の願望でもあるのだが、できれば、登世さんに限っては〈漱石の初恋の人〉などと断定しないで欲しい。登世さんは、漱石の兄嫁に当たるお義姉さまだからだ。

もともと、他人の「初恋の人」など、第三者に分かるはずがない。漱石の「初恋の人」は、漱石だけの秘密なのである。

もし、誰かに「初恋の女性のこと、覚えていますか？」などと聞かれたら、肝を冷やすだろうなぁ！

「ハァー、あのー、困ったなぁ。そりゃぁーまあ、私でも、憧れた女性は星の数ほどありましたよ。でも、一番星はどの子でしたか、などと聞かれても……、難しいですね。一番星が同時に二つ、三つ見える事もあるでしょう……、なにぶん遠い昔のことなので……、勘弁してくださいよ」

と、青息吐息のしどろもどろ。

「微かに輝く遙かかなたのあの可憐な青い星かも……」

などと、ごまかしながら冷や汗をかくのが精一杯(せいいっぱい)だ。

さて、漱石と同年齢であった兄嫁、即ち、夏目直矩(なおただ)の妻・登世さんは、病気のため二十四歳の若さで亡くなられたが、その時、漱石は、

君逝きて
浮世に花は　なかりけり

今日よりは
誰に見立てん　秋の月

などと、詠んで登世さんを偲び、これを親友・正岡子規への手紙に添えている。

どちらも登世さんとの別れを悲しむ漱石の純粋な気持ちをうたった美しい句である。漱石らしいというか、だから、私は漱石が好きなんだ、……と言いたくなるような心の籠った俳句である。

ところが、これを随分深読みして、これを根拠に、「漱石の初恋の女性は、やはり登世さんだった」と、解釈なさる方もおられたようだ。

私は、漱石の人柄から推して初恋の女性が登世さんだった、とは信じ難いのである。この二句は美しい女性に対する単なる「憧れの気持ち」を詠んだものと理解している。理由は簡単だ。登世さんは、漱石の義理のお姉様、つまり、はっきりと距離を置かねばならない女性だからである。他にも、

朝貌（あさがお）や
咲いたばかりの　命哉

などのように、登世さんを偲んで詠んだ句があるが、さすがに次の一句は、私も「ドキッ……！」とさせられた。

何事ぞ
手向けし花に狂う蝶

自分自身を〈狂った蝶〉に譬えたのか……。

漱石にとっては、登世さんとの別れは、よほど、悲しいものだったのだろう。

それにしても、漱石は少々思わせ振りが過ぎる。誰が読んでも、「花に狂う蝶」などとあると、本当に二人の間に何かあったのではないか、と勘ぐりたくもなる。が、実はこれが漱石の漱石らしいところ。世間がどのように騒ごうとも、漱石は気にしないのだ。

「言いたい人には言わせておけばいい。私には私の真実があるだけだ」

これが漱石の本心であったに違いない。

「花に狂う蝶」

とは、線香の煙にむせた蝶が虚空を舞ったのであろう。

ところで、「憧れの気持ち」とは何か、と問われれば……、

それは、〈決して手の届かない人〉、或いは〈手を届かせてはならない人〉に対して抱く気持ちの事で、絶対に「恋心」にはならない事を始めから承知している気持ちのこと、と応えたい。つまらない例え話で、しかも的外れな例えかもしれないが、私など、小学生の頃からハリウッド映画が好きで、女優では、レスリー・キャロン[※1]とか、清純なイメージのテレサ・ライト[※2]に「憧れ」たものだ。だからと言って、この「憧れ」が「恋心」に発展するなど、あり得ないことであった。

勿論、この広い世の中には、「憧れの気持ち」が「恋心」に発展するということはよくある事だ。しかし、漱石の場合、それは、あってはならないことであった。いずれは「則天去私」の境地に達するという漱石が、義理の姉である登世さんに、「恋心」など抱くはずがなかったのだ。

まして、この登世さんをマドンナのモデルとして考えるなど、『坊っちゃん』に登場するマドンナの役柄とか雰囲気から考えても、納得できないのだ。

【※1】〔レスリー・キャロン〕パリ生まれのフランス人で、『巴里のアメリカ人』でデビューした有名なバレリーナ。

【※2】〔テレサ・ライト〕『ミニヴァー夫人』で、アカデミー助演女優賞を受賞した。

◎髪を銀杏返し(いちょうがえし)に結(ゆ)った可愛い女の子

では、漱石がトラホームを病んで神田駿河台の井上眼科に通っていた頃、そこでよく見かけたという銀杏返し(いちょうがえし)の女の子の話はどうだろう。

漱石は、この可愛い銀杏返しの女の子に会って顔を赤らめたというから、この子に以前から恋心を抱いていたのはほぼ間違いない。それが初恋かどうかは分からないが……。
　これもまた、子規に宛てた手紙の文面が根拠となって生じた伝説である。

「昨日眼医者へいったところが、いつか君に話した可愛らしい女の子を見たね、……銀杏返しに竹なわをかけて……天気予報なしの突然の邂逅（かいこう）(※1)**だから、ひやっと驚いて、思わず顔に紅葉をちらしたね。まるで夕日に映ずる嵐山の大火の如し」（明治二十四年七月十八日付）**

普通、すれ違いざまに「可愛い子だなぁ……」と振り向くだけでは、顔を赤らめたりはしない。まだ、恋心がどうのこうのと言う段階ではない。
　ところが漱石は顔を赤らめている。しかもその事を子規に告白している。これは、前にもこの銀杏返しの女の子に何度か会って、いつの間にか、彼女に微かな恋心を抱く様になっていたことを窺わせる話である。そのことは、子規宛の手紙の中に、

　「いつか君に話した可愛らしい女の子」

と、書かれていることからも想像できる。
　そうだったのか！　この女の子がマドンナのモデルだったのか……。

『坊っちゃん』が〈ホトトギス〉に発表されたのは、漱石が顔に紅葉を散らせた明治二十四年七月からおよそ十五年後の明治三十九年四月のことであった。

たとえ十五年経過したといえども、マドンナのモデルは漱石の顔に紅葉を散らせたあの銀杏返しの女の子に違いない、と、私は思うようになった。ただ、腑に落ちないことが一つあった。それは、小説の中のマドンナが銀杏返しを結っていない、という事だった。

坊っちゃんが例の赤手拭いをぶらさげて、住田の温泉に行こうと停車場で汽車を待ってる時、マドンナとその母らしい二人連れがやって来る。

坊っちゃんは、その時のマドンナを見ながら、「色の白い〈ハイカラ頭〉の背の高い美人」と、表現している。更に「まったく美人に相違ない」と、念まで入れている。

残念ながら、何処にも〈銀杏返し〉とは書かれていない。マドンナの髪型は、はっきりと〈ハイカラ頭〉と書かれているのである。

不思議だなぁ……、でも、まぁいいか。漱石は、女性の髪型などは大目に見ていたのだろう……、と考えていた。ところがなんと……、

半藤一利氏著作の『漱石先生ぞな、もし』にある〈銀杏返しの女たち〉[※2]によると、『草枕』の志保田那美さんも、『それから』の平岡三千代さんも、銀杏返しを結っているとのことであ

る。つまり、漱石にとって、小説に登場させる女性の髪型は、漱石の心を実際に悩ませた女性の『残像』、あるいは『想い出』として、大変重要な演出効果を現すものだったのだ。

とにかく、「まったく美人に相違ない」とまで、坊っちゃんに言わせておきながら、マドンナの髪型は、何故か〈ハイカラ頭〉だった。髪型が〈銀杏返し〉ではないからという理由だけで、井上眼科の女の子をモデル候補から外したくはなかったが、本命モデルというには、少々こじつけだったような気がする。折角、発見しかけたモデル候補も、どうやら間違っていたようだ。

——漱石様、いっそのこと、『坊っちゃん』のマドンナも「色の白い〈銀杏返し〉の背の高い美人」と書いていただければ、マドンナのモデルは、井上眼科の〈銀杏返し〉のお嬢様であった、と特定できたのに……、などという思いも心の何処かをよぎるが、やはり、謎を秘めたままの「色の白い〈ハイカラ頭〉の背の高い美人」の方が「謎解きの楽しみ」が残されていて、ずっと嬉しく思う——

さて、余談ではあるが、秦 郁彦氏は、『井上眼科病院百年史』に次のような微笑ましい話が載っていたとして、その著『漱石文学のモデルたち』に紹介しておられる。

即ち、

「漱石が、井上病院に来ることがなかったら、松山中学に赴任することもなかったであろう。勿論、『坊っちゃん』も生まれなかった筈である」

と……。なるほど、なるほど、それも一つの真理に違いない。

つまり、漱石が松山行きを決心したのは、銀杏返しの女性に失恋し、その失意を癒やすため、神田駿河台の井上眼科から遠く離れたかったからで、もし、この女性がいなかったら、漱石は失恋することもなかったし、従って松山へ行くこともなかったはずだ。漱石の松山行きがなければ『坊っちゃん』も存在しなかった……ということらしい。

いやはや、銀杏返しのお嬢様！　『坊っちゃん』がこの世に存在するのはあなた様のお蔭です。感謝、感謝……。

【※1】〈邂逅〉　思いがけなく出あうこと。

【※2】〈銀杏返しの女の子〉　半藤一利氏著『漱石先生ぞな、もし』に〈銀杏返しの女たち〉のことが詳しく記載されている。更に、この髪型を結う女性の生活環境とか、その髪型を結う女性の心情について明快な解説がなされている。

◎美人番付表では大関格の遠田ステさん

中村英利子氏の編著になる『漱石と松山』に、

「当時、〈松山の町内美人番付表〉なるものを作って配った者がいたが、その大関格に遠田さんという陸軍将校の娘が入っていた。遠田さんには、お捨（ステ）さん、お豊（トヨ）さん、という評判の美人姉妹がいたが、『坊っちゃん』に登場するマドンナのモデルはこの姉のお捨さんの方だろう、という噂があった」

と、いう話が紹介されている。

とても興味のある話だ。

が、漱石とこのお嬢様との接点がいまひとつ分からない。詳しく調べてみたいが、なかなか手立ても見つからない。著者の中村氏自身、この話はフィクションだろう、とおっしゃっておられる。

また、近藤英雄氏の『坊っちゃん秘話』によれば、

「遠田さんには、二人の娘がいて、姉がステ、妹がトヨといった。このステがマドンナであるという説があって、横地[※1]所有の古い『坊っちゃん本』に、『マドンナはおステさんに外ならん』と、メモされているものが発見された」

とある。つまり、このメモによれば「マドンナのモデルはおステさん以外には考えられない」ということだ。

続いて一枚のステさんの写真について、

「これは、ステの十四歳の時のもので、目がパッチリし、前髪はお下げにして、額がかくれんばかり、縞の着物を着た半身像で頭の右横に大きな花の髪飾りをつけている……」

と、記載されている。

この近藤氏の話にある横地先生のメモや写真の説明にも興味を惹かれるが、「前髪はお下げにして……」という写真の説明が少し気にかかる。

もし、この説明が「ハイカラ頭で……」となっていたとすれば、

「色の白い、ハイカラ頭の、背の高い美人」

という坊っちゃんのマドンナ解説と、ほぼ、一致する。

であれば、ステさんのマドンナモデル説は、一層、真実味を帯びてくることになる。しかし、残念ながら、美人であった、ということとお下げの前髪では、マドンナモデル候補としての説得力に欠ける。

秦 郁彦氏の『漱石文学のモデルたち』によれば、ステさんは、明治六年十一月七日生まれで、漱石が松山に赴任してきた明治二十八年は、彼女は二十一歳で、既に結婚しており二人の子持ちだったという。

この事から、例の美人番付とは、独身、既婚を問わないものであることは分かったが、既婚者のステさんが、美人であると言うだけで、何故、マドンナのモデル候補に挙がったのだろう。マドンナのモデル候補とは、少なくとも未婚で、しかも、漱石の青春を騒がせた女性……でなければならないのである。

ところで、秦 郁彦氏は、

「漱石を含め、教員仲間の話題になっていたのは、遠田姉妹の既婚の姉（ステさん）よりも、未婚の妹（トヨさん）の方だったのかもしれない」

と、述べておられる。とすれば……、これは〝ステ難い新説〟だ。

因みに、妹のトヨさんは明治十四年五月二十五日生まれで、ステさんよりも八つ年下である。マドンナのモデル候補が、この「姉妹」から、また一人現れたことになる。どうやらこのモデル論争は、なかなか「おしまい」にはなりそうにない。

さて、さて、余談ではあるが、小説『坊っちゃん』に出てくる素敵なキャラクターのマドンナは、〈遠山のお嬢さん〉だ。つまり、マドンナの姓は、物語では〈遠山〉さんなのである。そして、このモデル候補の二人の姉妹は〈遠田〉姉妹である。この二つの苗字、〈遠山〉と〈遠田〉は、よく似ている。ひょっとして「遠田姉妹のどちらか」は、本命のモデルだったのか……？

あとは漱石との接点さえ判明すれば、一件落着となるのだが……。

【※1】〈横地〉松山中学校の横地石太郎教頭の事で、後に校長になった。近藤氏は、その著『坊っちゃん秘話』に、「横地は、漱石に、〈狸〉にされたり、〈赤シャツ〉にされたりしている」と書いている。

◎三人の美しいお嬢様たち

☆「大塚楠緒子さん」

中村英利子氏編著の『漱石と松山』によれば、

「漱石は、秘かに、美貌の女性・大塚楠緒子[※1]に想いを寄せていたが、彼女は漱石の友人である小屋保治（おややすじ）と結婚してしまった。漱石は失恋したのだ」

とのことである。

漱石は、楠緒子さんのことを「理想の美人」と言っていたそうだ。確かに、世間も認める才色兼備の素敵な女性だったようだ。しかし、漱石が、彼女のことを好きに思っていたかどうかは分からない。マドンナのモデルと断定するだけの根拠はない。

【※1】〈楠緒子〉　読み方としては、「なおこ」の他に「くすおこ」とも読まれている。

☆「日根野れんさん」

漱石の心を燃やした日根野れん……。

という書き出しで、れんさんのことを紹介する文献もある。れんさんの父親は、日根野幸太郎という。が、れんさんが子供の頃に亡くなった。その後、母親は、れんさんを連れ子として漱石の養父・塩原昌之助の後妻となるのであるが、こうした事情から、れんさんは、数年間、漱石の義姉として漱石と一緒に暮らすことになる。れんさんについては、いろいろな文献を調べてみたが、残念ながら活発で利発な女性という事以外、何も分からない。勿論、二人の間にどうのこうのという噂もない。

漱石の養父は、将来、二人を結婚させようと考えていたらしいが、それを根拠に、れんさんをマドンナのモデルにするには無理がある。

ところで、日根野れんさんに関して、少し気になる話がある。

作家で漱石研究家でもある石川悌二（ていじ）氏が、「漱石が、子規への手紙に書いた井上眼科で見かけた銀杏返しの可愛い女の子というのは、れんさんのことではないか」と述べておられるが、この石川悌二説には、確実な根拠というものが見当たらない。つまりこの説は、石川悌二氏ご自身の推論ではないかと思うのだ。とはいうものの、興味深い話である。今後の研究課題と言ってもいいのではないだろうか。

この他、漱石研究家では第一人者の江藤 淳氏の「登世と漱石の不倫説」、小坂 晋氏や先述の中村英利子氏の「大塚楠緒子、小屋保治、漱石の三角関係に始まる漱石の失恋説」などなど、漱石の女性に関する論評は枚挙に遑が無い。しかし、どの論評を読んでも漱石の青春には、何故か精神的な美しさが保たれているのだ。「則天去私」は、こうした漱石の心の美しさから、自然に溢れてきたものかもしれない。

☆「西村小春さん」

西村小春さんは、遠田姉妹のところで述べた例の「美人番付表」に、やはり大関格として載せられていたそうだ。彼女は、松山地方裁判所判事・西村寿雄の四女という。

漱石からの申し出があって、お見合いをした形跡があるとのことだが、どちらかからの断りでこの話も立ち消えになったとか。その後の漱石と小春さんとの接点も定かではない。

秦 郁彦氏の『漱石文学のモデルたち』によれば、西村小春さんの娘さんが、

「母（小春さんのこと）は生前、『マドンナのモデルは私ではなく、遠田ステさんです』と言っていましたよ」

とのこと。

結局、小春さんについても詳しい事は何も分からない。確かなことは、小春さんは美しい女性だったという事だけである。

◎誰も知らなかったもう一人のマドンナ

私が道後温泉を訪ねたのは、今から数年前の静かな晩秋のことだった。

この道後で、『坊っちゃん』に詳しい漱石ファンのような人に巡り会えないものか、などと、起こる筈もないような事を想像しながら坊っちゃんのカラクリ時計を眺めていた。

何気なく、その左側を見ると観光案内の事務所がある。運が良ければ、ここで何かいい話が聞けるかもしれない、と思って訪ねてみると、

「何か、お尋ねでしょうか？」

と、そこにおいでの中年の男性の方から逆に声をかけられた。私は、

「はい、漱石とか漱石の作品のことで、何か面白い話がないものか、と、この辺を歩き回っているのです……」

と応えた。するとその方は、

「私は、松山城や、道後の観光案内をしている者ですが、なんでもお尋ねください」

と、親しそうに話しかけてくださった。

私は、

「実は……、できれば、例の〈マドンナ〉のことで、まだ世間では、誰も知らないような楽しいお話がないものかと……」

と、訊ねると、その方は名刺を取り出しながら、

「私は、越智と申します。マドンナのことなら、まだ、誰にも知られていない素敵な話を知っていますよ」

「……」

「マドンナのモデルは、実は、この道後におられたのです。女医さんで、それはそれは美しいお嬢様だったとお聞きしています」

——この人、信用してもいいのかな？——

思い掛けない話に、私は、ただ呆然とするばかりであった。

もし、この話が本当で、もっと詳しく教えていただけるとすれば、これは、大変な幸運に巡り合った事になる。半信半疑の気持ちもあったが、嬉しいやらびっくりするやらで、折角のお話もおちおち身につかない始末だった。

私は、以前から不思議に思う事があった。それは、漱石の温泉好きのことだ。暇さえあれば道後温泉に通っていたらしい。しかし、いくら温泉好きでも、そんなにいつもいつも汽車にまで乗って、温泉通いばかりするものなのか。きっと何か訳があるに違いない。道後に可愛い女

の子でも見つけていたのだろうか、と考えたこともあった。

そこへ、越智さんから、

「道後の美貌の女医さん！」

と聞かされ、

「なるほど！」

と、とりあえず納得したのであった。初めのうちは、この話は出来過ぎだと思った。私が、

「特に、マドンナについてのお話があれば教えてください」などと言ったものだから、ひょっとして、からかわれたのかもしれない、などとさえ考えた。

私は、漱石や『坊っちゃん』にまつわる、いろいろな疑問を抱えて松山にやって来たのであった。

ホテルに着けばフロントの受付の人に、お店で買い物をすればお店の人に、公園のベンチでは隣に座っている人に……、次から次へと、こうした疑問について尋ねてみた。しかし、納得のいく答えを聞く事はできなかった。

道後から、あまり遠くないところに「たかの子温泉」という良質の湯で評判の温泉がある。そこの薬草スチームサウナで一息いれていると、隣に座ったおじさんが、

「どちらから来られました？」

「大阪からです」

「観光旅行ですね」

「はい、そうです。できれば『な、もし』言葉など、聞いてみたいと思って……」

「ワハハハ、今時、『な、もし』を使う人はいませんね。しかし、あれは……もとはと言えば、丁寧な言葉遣いだったんですよ。つい最近まで老舗旅館の女将で上手に『な、もし』をお使いになる方がおられたとか聞いた事がありましたぞな、もし……」

「アハハハ、お上手ですね。ところで、……マドンナのモデルの噂話などお聞きになったことありませんかな、もし……？」

「ワハハハ、結構やるじゃありませんか。はぁー、マドンナですか……、あれは『坊っちゃん』の小説によれば、確か、途中で婚約者だったか、恋人だったかを取り替えて、あまりいい印象じゃなかったように記憶しておりますが……、どうでしたっけ……？」

「おっしゃる通りです。マドンナは、どうやら節操のない女性と思われていたようですね。でも、今じゃ、マドンナと言えば、道後では、と言うより漱石の世界では、ヒロインでしょうね。カラクリ時計の人形でも一番目立つところに立っているじゃありませんか」

「はぁー、なるほど、そう言えばそうでしたね。地元にいながら気がつきませんでした。マドンナは、小説の筋書きとは関係なく、人気者ということでしょうか？」

「だと思いますが……」

「なるほどねぇ。で、そのぉ、マドンナのモデルとやらの話ですが、何処かで見つかったとか、新しい発見があったとか、何か根拠があって調べに来られたとか……？」

「いえ、実は、私は何も知らないのです。もし、ご存じでしたら教えていただこうと思って」

「そうですか……。残念ながら、私も知りませんねぇ……」

「地元の方でさえ、ご存じないとなれば、やはりマドンナのモデル探しというのは難しそうですね」

と、薬草スチームの湯気を浴びながらの楽しい会話が続いた。

もともと、本気でマドンナを探していた訳でもないので、暢気（のんき）な会話だった。「思いがけない幸運な話」など期待するはずもなかった。

そんな時に、越智さんに出会ったのであった。

世間では、まだ、誰にも知られていないという〈もう一人のマドンナ〉？

本当かなぁ……。

第二章　謎の暗号文

◎カラクリ時計のお向かいのお家

この道後の何処かに、世間では、全く知られていなかったもう一人のマドンナのモデル候補がいたという。文壇におけるマドンナ探しの記録でも、そのような美貌の女医さんなどという不思議なモデルの噂は聞いたことがない。

まるで、太陽系にもう一つの第九惑星[※1]が存在していた……という新説のようだ。

その女医さんとやらは、漱石とどんな関係があったのか、……で、何故マドンナと言われるのか？

カラクリ時計の人形達が動き出した。まもなく、午後三時……。

初めの内は、越智さんと世間話などしていたが、そのうち、漱石や『坊っちゃん』の話になり、ついに〈マドンナ〉の話に到達した。

私は、

「『坊っちゃん』に登場するキャラクターには、必ず、その実在のモデルがいた、とのことですが……」

　と尋ねた。

「そのようですね。でも、〈このキャラクターのモデルは、この人だった〉と、ハッキリ断定できるケースはほとんどないように思います」

「そうですか。でも、ハッキリしないから却って〈モデル探し〉が楽しい、ということもありますね」

「そのようですね。私もそう思います」

「私が一番知りたいのは、マドンナの本当のモデルです。もし、これが見つかれば、漱石文学の究極の謎を解明することになる……、などと考えているんですよ」

「……？　ちょっとオーバーでしょうか」

「ハハハ！　確かに……。でも、本気なんです」

「そうですか。では教えてあげましょう。私の話を聞いてビックリなさらないでください」

「ハァ？　ビックリ？　ほんとですか」

「ところであなたは、今までは誰がマドンナのモデルだとお考えになっておられたのですか」

「初めは、神田駿河台の井上眼科で働いていたというあの有名な『銀杏返しの女の子』ではないかと考えた事もありました。しかし、この話は、髪型の違いから、つまり、マドンナは〈ハイカラ頭〉なのに、モデル候補のお嬢様は〈銀杏返し〉ということで、このお嬢様は、モデル候補としては相応しくないのでは……と考えるようになりました。今ではもう、ほんとのモデルを見つけるなど、とても無理ではないかと、すっかり諦めの境地ですよ」

「そうですか。でも、髪型がどうのこうのというのは賛成できませんね。〈ハイカラ頭〉だろうと、〈銀杏返し〉だろうと、どちらでもいいじゃありませんか……」

「なるほど、そうかもしれませんね。今まで髪型にこだわり過ぎていたのかも……」

「そうだと思います」

「さて、それではあなたがご存じの〈マドンナ〉さんとやらは、どんなお方でしょうか？」

「あなたがお認めになられるかどうか楽しみです！」

道後温泉にある坊っちゃんのカラクリ時計

「噂では、とか、ひょっとすれば、とか、責任は持ちませんが、とかなんとか……」
「いいえ、そんなんじゃないんです。そのマドンナさんと漱石には、淡い恋物語があったというほどの本当の話なんです」
「そんな噂があったなんて、今まで聞いた事もありませんが……？」
「そりゃぁ、そうでしょう。マドンナさんと漱石だけの秘密なんですから他の人が知っている訳がありません」

「では、越智さんは、そんな秘密の話をどうしてご存じなんですか」

「いいご質問ですね。実は……、先ず、その美貌の女医さん、つまり久保祥子（くぼさちこ）さんというのですが、この祥子さんは、二つの家族の方に、漱石のことを漏らしておられたとのことです」

「二つの家族？」

「そうです。お嫁に行かれる前は実家である柳井家の家族、そしてもう一つは嫁ぎ先の久保家の家族……の二つの家族です」

「なるほど……」

「この話は、二つの家族の中だけで代々伝えられてきて……、で、その女医さんのお孫さんである久保　功さんが、私に、そっと、教えてくださった……という訳なのです。誰でも知っているという話ではないのです」

「……」

「ただ、この話は、随分前の事ですが……、確か、昭和三十八年頃、ＮＨＫのテレビとラジオに『マドンナのモデルは、或る道後の女医さんだった』として紹介されたことがあったらしいのです……」

「はぁ……？　ということは、そのテレビやラジオ放送のことを、少しは覚えておいでの方もおられる、ということになりますが……」

「だと思います。ですから、この〈マドンナのモデル〉の話は、全くの新発見という訳ではありませんね」

「なるほど。知っている人も何人かはいる……、かもしれないということですね」

「そうです」

「だったら、その〈女医のマドンナさん〉の話は、もっと世間に広がっていても良かったのに……。噂が広がらなかったのは何故でしょう？」

「分かりませんね。誰も、ことさらに宣伝する人がいなかったからではないでしょうか」

「うーん。そうでしょうか。あなたには言いにくいのですが、ひょっとして、そのマドンナの噂は、信憑性に問題があったのでは……」

「とんでもない！　この話の信憑性には、全く、問題はありません」

「それが本当なら嬉しいのですが……」

「この話は事実なのです。嘘も本当もありませんよ。ほら、そこに見える黒い塀の家が、その〈女医のマドンナさん〉のおうちですよ」

「えっ！　何処ですか？」

「ほら、見えるでしょ。坊っちゃんのカラクリ時計の斜め向かいにあるあの大きな黒い塀のおうちですよ」

【※1】〔第九惑星〕　二〇一六年一月二十日、米カリフォルニア工科大は「太陽系の最も外側を回る九番目の惑星が存在する可能性がある」という新説を発表した。第八惑星である海王星の軌道の二十倍遠くにあり、太陽の周りを一万〜二万年かけて公転しているとみられている。一九三〇年に第九惑星として発見された冥王星は、二〇〇六年の惑星定義の見直しで準惑星に降格されている。（二〇一六年一月二十一日付朝日新聞より）

◎女医さんの手を握った漱石

越智さんの解説が始まった。

「マドンナのモデルというのは、この道後の人でした。女医さんで、美人で評判のお嬢様だった、と聞いています」

「……」

「その女医さんは、先ほども申し上げましたが、久保祥子（くぼさちこ）さんと言います。私は、その祥子さんのお孫さんの久保 功さんという方と、とても親しくさせてもらっているのです」

「なるほど！　それで、誰も知らないような特別なお話を、その久保さんからお聞きになっていた、という訳ですね」

久保 功氏の邸宅
久保 功氏は久保祥子さんのお孫さん

「その通りです。私が、初めて久保さんとお会いしたのは、彼が奥様をお連れになって松山城においでになった時のことでした」

「松山城ですか……。なるほど！」

「丁度、私が、お城の観光案内を務めている時のことでした。最初は、お城をご覧になっただけでお帰りになりましたが、その後も、よく、私を訪ねて松山城に遊びに来られるようになりました」

「……」

「ある時、漱石が話題になったりして、『坊っちゃん』がどうのこうのと話し合っているうちに、久保さんが『私の祖母と漱石には、ちょっとした恋物語があったようなのです。母から伝え聞いた話なのですが……』とお話しになられたのです」

「はぁー！　いよいよ、話の核心部分に到着ですね」

「大事なところです。しっかりお聞きください」

「久保さんのお祖母さんの祥子さんって、どんなお嬢様だったんでしょうね。お写真が見たいなぁー」

「漱石に会われた時は、まだ結婚前のお嬢様ですから久保祥子さんではなく、柳井祥子さんでした。その頃のお写真があればいいのにね。今度、久保さんに会ったら訊ねてみましょう」

「ほんとですか！　嬉しいなぁ。まるで小説に出てくるような話になりましたね、ちょっと話が出来過ぎでは……？」

「アハハハ、全部事実ですよ」

「その祥子さん、ハイカラ頭だったりして……。早く会いたいなぁ」

「会えるわけないでしょう。確か、明治七年にお生まれになっているのですよ」

「いえ、いえ、写真でお会いするのです」

「なるほど、なるほど。久保さんは、きっと、いい写真を届けてくださいますよ」

「本当ですか。嬉しいなぁ。よろしくお願いします。ところで、そのマドンナの女医先生と漱石の秘密の話って、どんな話だったのでしょう？」

「そうですね。ご本人の祥子さんから直接お聞きした話ではありませんので、何処まで正確にお伝えできるか、難しいところですが……、実は、漱石は、この祥子マドンナさんに、すっかり惚れてしまった……」

「そうですか。奇麗な女医さんに憧れない男性などいませんね。病気になって幸せ！　なんちゃって……」

「アハハハ、まったくです。ところが、その『憧れ』がいつの間にか『淡い恋心』に変わっていったのです。漱石先生ときたら仮病を使って、つまり、そのぉー、風邪をひいたとか何とか言って、美しい祥子先生を訪ねたそうです」

「へぇっ！　仮病を使った……？」

「そして、手を握ったとか握らせて貰ったとか……」

「わぁー！　楽しいお話ですね。……ちょ、ちょっと待ってくださいよ。そう言えば、確か、漱石の小説の『それから』に出てくる長井代助さんも、彼が好意を抱いていた三千代さんの手を、急に握りしめたりしていましたね。まぁ、小説の中の話ですが……」

「はぁー？　そんなことがあったのですか。ということは、漱石は、現実の世界では勿論のこと、小説の中でも、好きな女性に会えば、遠慮なくその人の手を握っていた……」

「そのようです。私達も、漱石に倣って好きな女性に会えば、握手くらいはさせてもらってもいいのではないかと……」

「アハハハ、もっともです」

「仮病を使ってでも会いに行ったり、その女性の手を握りしめたりするなんて、とても積極的ですね。思い悩んでいるだけではなく、行動に移そうとする漱石……。漱石の知られざる一面といいましょうか……」

「とにかく、漱石は、祥子先生がお好きだったようですよ」

「今、越智さんからお話を聞きながら、突然、思い当たった事があります。つまり、医者が患者を診る時のことですが、当時は、いや、今もそうですが、病状を診断するときの指標として、先ず、患者の脈拍数や血圧を測りますね。その時、医者は、当然、患者の手を握ります」

「なるほど！　漱石は、脈とか血圧を測ってもらいながら、成り行きというのか、偶然というのか、つい、女医さんの手を握ってしまった……」

「越智さんのお話を聞きながら、多分、そのようなことではないかと思いました。脈拍数や血圧を測る場合、最近は、いろいろな新しい計器を使っているようですが、当時、医者は、直接、患者さんの手を握って測定しておられたのではないでしょうか」

「なるほど。的を射たお話ですね。素晴らしい推理です。教えてあげるはずの私の方が、逆にあなたから教わっているって感じです」

「いいえ、いいえ。勝手に想像を膨らませ過ぎました。すみません。とにかくこんな素敵なお話を聞かせていただいて、ほんとに嬉しいです。で、ひょっとして、その美しいマドンナ先生は、漱石の初恋の人だったのでしょうか？」

「それはどうでしょう。分かりませんね」

「そうですか。まぁ、とにかく好きなお嬢さんに会えて、手まで握らせてもらったのですから、漱石も、さぞや嬉しかったことでしょう」

「……でしょうね」

「話は変わりますが、越智さんは、いつも、この観光案内事務所においでになるとは限らない、とか……」

「そうです。時々、寄る程度です」

「たまたま、今日は偶然にお会いできて……。しかも、こんな素敵なお話を聞かせていただいたなんて、本当に、ラッキーでした。ありがとうございます。できる事なら、いつか、私も久保さんにお会いしたいです」

「いつか、必ずご紹介しましょう」

「すみませんが、話の核心部分についてもう少し詳しく教えていただけないでしょうか。二人だけの淡い恋の秘密が、どのような経路で越智さんにたどり着いたのか、ご存じの範囲内でお願い致します」

「勿論、ＯＫです。ちょっとだけ想像も入りますが……。その時の診察室には、二人の他には誰もいなかったと思います」

「でしょうね！　第三者の誰かが居合わせていたら、女医さんの手を握るなんてちょっと難しい……」

「その通りです。最初は、手を握ったという話は、当人同士だけの秘密でした」

「……」

「そして、多分、祥子先生が、ご両親にこっそりお話しされたのではないでしょうか」

「なるほど、よくわかります。その時の様子が目に浮かぶようです。

祥子先生は、先ず、ご両親に向かって、

〝ねぇ、ねぇ、ちょっと聞いてよ、お父さん、お母さん。今日、中学校の夏目金之助とかいう英語の先生がおいでになってね、風邪をひいたとか、診て欲しいとか何とか言って……。それがねぇ、お熱もなんにもないのよ。嘘ばっかり！　ついでに私の手まで握ったりして……、ぅん、もう……〟


なぁーんて言ったりして……！」

「はぁー？　なかなか、お上手ですね。まるで講談を聞いているような……。もっと続けてくださいよ」

「勝手な想像ですが……、では遠慮なく、もう少しだけ！」

「どうぞ、どうぞ」

「それを聞いた祥子先生のお父様は、

〝ワハハハ……、風邪の熱？　嘘ばーっかり。夏目先生の熱とやらは、祥子にあげている熱のことさ！　熱は熱でも恋の熱……？　ワハハハ……〟

なーんちゃって……」

「まるで本当にあったような話ですね。いや、もしかして、その通りだったかも……。で、その続きは？　どんどん続けて、続けて……」

「今度は、祥子先生のお母様の番です。お父様にお酌をしながら、

〝お父様！　冗談はやめてくださいよ。ほんとに、もぅ……。祥子には久保さんという立派な婚約者がおられるのですからね。困ったお父様！　ほんとにすっかり酔っ払っちゃったんだから……！〟

とかなんとか……」

「ちょっと、ちょっと……」

「はい……？」

「この話は、確か、私が『今までに、誰も知らなかったマドンナ候補』として教えてあげたお

話でしたね？」

「はい、その通りで……!?　今、あなたからお聞きしたばかりですが……」

「それが、どこで入れ替わってしまったのか、いつの間にか、すっかりあなたに主導権を取られてしまったようで……☆☆☆！」

「アハハハ……、ごめんなさい。つい、調子に乗り過ぎました……」

「いいえ、どういたしまして。私は、大喜びであなたのその調子とやらに乗せられているのですよ。さぁ、もっと、もっと講談の続きをどうぞ！」

「アハハハ……、それじゃ、お言葉に甘えてもう少し……。まぁーすます、調子に乗ってきた祥子先生のお父様は、

〝なに、なに？　風邪をひいたって？　違う、違う、違いますよぉー　ひいたのは風邪じゃなくて、祥子の可愛い可愛いおててでしょー。ワハハハ……、♪おててですよぉー〞

なんて……」

「アハハハ……、引いたのは風邪ではなくて、おてて……ですか。参ったなぁ」

「祥子先生も、お父様にお酌をしながら、

〝わたしねぇ、夏目先生のこと、好きになりそう……。お風邪をひかずに、わたしのおててを引いてくださったんだものね！　ゥフフフ……〟

と、小さな声で言ったとか、言わなかったとか……？」

「イェーイ！　ワンダフル、ワンダフル！　名調子の講釈師に張扇（はりおうぎ）（※1）をご用意いたしましょう！」

「いやぁー、どうも、勝手に作り話で遊んだりしてごめんなさい。少々やり過ぎました。祥子先生は、本当は夏目先生のことなど、別に、気にはしていなかったのかも。講談は、もうこの辺で勘弁してくださいよ」

「アハハハ……」

「で、漱石に手を握られたという話は、それから先、どのように世間に伝わっていったのでしょうか」

「やれやれ、やっと、解説担当のお仕事が私に還ってきましたね。いや、この話はそんなに世間に広がってはいませんよ。初めの頃は、多分、久保祥子

道後の女医・久保祥子さん
久保 功氏 提供

さんの実家の柳井家と、久保家の人しか知らない話でした。その頃の漱石は、夏目金之助という英語の先生で、まだあの有名な漱石ではなかったのです。ですから、彼が手を握った程度のことは、大事件ではなかったのでしょう」

「あっ！　そうでしたね！　その時の漱石は、まだ、〈漱石〉ではなかったのか。なるほど。ところで、祥子さんは、当時、お幾つだったのですか？」

越智さんは手帳を見ながら、

「祥子さんは、確か……、明治七年十一月のお生まれで、漱石が松山の尋常中学校に赴任してきたのが明治二十八年四月ですから、……計算すると、二十一歳前後でしょうか」

「漱石は、うら若き乙女心に火をつけた……？」

「……のかもしれませんね！　でも、祥子先生は、結局は久保家に嫁がれました」

「ということですね。で、その美しい女医先生は、どちらの学校を卒業なさったのでしょうか？」

「祥子さんは、東京女子医科大学の創始者・吉岡弥生（よしおかやよい）さんと同期だったそうです。ですから、明治の初期に創立された民間の医学校『済生学舎（さいせいがくしゃ）』（※2）のご出身だと思います」

「あの有名な吉岡弥生さんと同期だったのですか。お話を聞けば聞くほど、真実味が増してきますね」

さてさて、『坊っちゃん』のマドンナ談義は、文壇はいうに及ばず、世間でもなかなか喧(かまびす)しい。この新発見の久保祥子先生は、果たして『坊っちゃん』に登場するマドンナの本当のモデルだったと言えるのか……。断言するには、やはり、勇気がいる。

しかし、漱石が、この祥子さんを愛(いと)しく思っておられたことは、間違いのない事実である。漱石が愛しいと思っていなければ、いかに美貌の女性であっても、その人はマドンナのモデルにはなり得ないのである。

久保祥子さんこそがマドンナのモデルであると断言するつもりはないが、せめて、今後の「マドンナ談義」の一端に、できれば文壇の話題としてこの麗しき女医先生を、マドンナのモデル候補の一人に加えていただければ幸いである。

【※1】〔張扇〕　講釈師が調子をとるために台を打つのに使う扇。

【※2】〔済生学舎〕　明治九年に長谷川　泰(たい)により設立された。この時代の医師のほぼ半数はここで養成されたと言われている。野口英世もここで学んだ。

◎水晶の珠を香水で暖めて、掌へ握ってみたような心持ち

松山での取材は、思いがけない好運に恵まれた。

帰宅するやいなや、本棚の奥から『坊っちゃん』をひっぱり出し、坊っちゃんが、停車場で汽車を待つ間に、マドンナに出会ったあの場面をあらためて読み直してみた。

色の白い、ハイカラ頭の、背の高い美人と、四十五、六の奥さんとが並んで切符を売る窓の前に立っている。おれは美人の形容などができる男でないからなんにも言えないがまったく美人に相違ない。なんだか水晶の珠を香水で暖ためて、掌へ握ってみたような心持ちがした。

初めてこの文章を読んだときは、何が何だかさっぱり分からなかった。いや、二度三度読んでも分からなかった。吟味すればするほど分からなくなった。いくら文豪・漱石の文学的表現だから、と言われても、分からないものは分からない。

古今東西、『坊っちゃん』をお読みになられた方は大勢おられたと思うが、この文章の本当の意味が理解できた人は、一人もいないはずだ。

でも、ただ一人、夏目金之助先生に手を握られた道後の麗人・柳井祥子さん、後の久保祥子

先生だけは理解する事ができたはずである。

◎謎の暗号文

〈マドンナのモデル〉とは、漱石の心の中を密(ひそ)かに、静かに、通り過ぎた道後の麗しき女医、祥子さんだったのだ。それは、美しくも、悲しく消えた漱石の片思いの青春。

　漱石に残されたものは、ただ柔らかくて芳しく、そして暖かな祥子先生の手の感触と想い出だけであった。漱石は、大抵の事柄については親友の子規に報告していたが、このマドンナのモデルへの淡い恋心については、報告した形跡がない。漱石は、ただ一人、かなわぬ恋に胸を傷めていたのであろう。

　さて、美人を形容するのにこんな可笑(おか)しな表現の仕方ってあるのだろうか。こんな訳の分からない文章でも、漱石だから許されるということか。

　なんだか水晶の珠を香水で暖ためて、掌へ握ってみたような心持ちがした。

　一体、誰が、何のために水晶の珠に香水を振りかけるのだろう。香水を振りかけると水晶の珠は暖かくなるとでも言うのだろうか。それがまた、何故、美人の形容になるのだろう。「水晶の珠」というものは、普通は、これを磨いたり、拭いたり、飾ったり、眺めたりはするが、しかし、なんと……香水で暖める？……

失礼ながら、いくら考えてもこの文章は意味不明である。だいたい、水晶の珠がどうしたというのだろう。更に分からないのは「握ってみたような心持ち」だ。水晶の珠を掌に握りしめて、呪文でも唱えれば、マドンナが水晶の珠に映し出されるとでも言うのだろうか。それじゃ、坊っちゃんはまるで魔法使いだ。漱石は、本当は何が言いたかったのか。

実は、この文章は、漱石から久保祥子さんに宛てられた「暗号文」だったのだ。これを理解できる人は世界中にただ一人、祥子さんしかいなかったのである。

漱石は、訳の分からぬ文章を書いていたのではなかった。

さすが漱石……！

と、言うべきか。

漱石は、マドンナのモデル・祥子さんにしか理解できない「暗号文」を『坊っちゃん』の本文にそっと忍ばせていたのであった。漱石が書いた「暗号文」には、漱石のどのような思いが込められていたのであろうか。

祥子様、お久しぶりです。いつぞや、私は、あなたの白く透き通るような手を、私の掌で、そっと握りしめました。そして、

「水晶の珠を握っているような……」

と、申し上げました。その時、あなたは、

「水晶の珠……？」

と、つぶやきながら、かすかに微笑んで、

「お熱はないようですね！」

と、おっしゃいました。

その通りです。もともと私の病気は仮病でしたから、熱など、初めからありませんでした。

あなたの手を握りながら、私は、あなたの手の温もりを感じていました。

あの時の胸のときめき、そして、あなたから漂う香水のような薫りは、決して忘れることの出来ない夢のような素晴らしい世界でした。

その想い出を、このマドンナに託して『坊っちゃん』を書いています。

思えば、あれからほぼ十年になりますね。私の心の中では、つい、数日前の夢のような出来事に思えるのです。『坊っちゃん』に登場するマドンナは、道後の可愛いあなたの面影から生まれた私の青春でした……。

これを受けた祥子さんは、

夏目先生、お懐かしゅうございます。私の事を、いつまでも大切に思っていてくださって、ありがとうございます。あの有名な『坊っちゃん』のマドンナのモデルにして頂いたなんて思いも寄らぬ事、とても嬉しいです。あの時の夏目金之助先生が、こんなにご立派におなりになって、喜びもひとしおです。

私は、初めてお会いした時から、ずっと夏目先生のことを尊敬申し上げておりました。そう、そう、水晶の珠のお話は、今でもよく覚えています。それに、

「これは香水の薫りでしょうか？」

とか、

「あなたは暖かい手をしていますね」

とか、おっしゃって……、お風邪の事など少しもお訊ねにならないで……。

それに、あのときの夏目先生には、お熱なんか全くありませんでしたわ……！

道理で、夏目先生の手よりも、私の手の方が暖かかった……、というのも納得出来るお話ですね。

あの時は、本当におろおろするばかりでしたが、今は、もうすっかり爽やかな気持ちで

す。どうすれば夏目先生にこの気持ちをお伝えすることが出来るのでしょう。
**　ただ、ただ、あの頃の爽やかな想い出を懐かしむばかりです。**

祥子さんは、近くの石手寺（いしてじ）の仁王門辺（あた）りを散歩しながら、『坊っちゃん』が載せられている「ホトトギス」を片手に、遠い昔の想い出を懐かしんでおられたことであろう。祥子さんの美しいお姿が目に浮かぶ。

漱石の謎の文章は、祥子さんに宛てた漱石の青春のひと時を語る暗号の手紙だったのだ。「水晶の珠、云々……」のこの謎の文章は、漱石と祥子先生の二人にしか理解できない秘密の文章であった。

この謎の文章によって、マドンナのモデルが久保祥子さんであったことも証明されたことになる。

髪型の話を蒸し返すようだが、独身時代の祥子さんは、ひょっとして、時には「ハイカラ頭」の髪型を結われたこともあったのではないだろうか。

さて、漱石が、美しい祥子さんの手を握った事は事実であるが、祥子さんが、それを優しく受け止めていたかどうかは、祥子さんの胸だけに秘められた永遠の謎である。

漱石は、この祥子さんを、秘められた謎とともに『坊っちゃん』の一人のキャラクターとして物語に登場させたのであった。

漱石先生！　祥子さんの手は、さぞや、透き通るように白くて、柔らかく、芳しく、そして暖かだったことでしょう……、水晶の珠のように……。

◎こぼれ話

漱石が、『坊っちゃん』を著したのは、松山・道後時代から数えておよそ十年後のことであった。

さて、青春時代の想い出というものは、たとえ〈十年前〉のことであっても、昨日の出来事のようなもの……。『水晶の珠』というのは、『十年前の祥子先生の手』のことだったと考えれば、不可解な文章の謎も解けてくるようだ。およその辻褄（つじつま）も合ってくる。漱石は、楽しかった青春時代の想い出を、祥子先生にしか理解できない不思議な〈暗号文〉にして、『坊っちゃん』の文中に忍ばされたのではないだろうか。

いつのことだったか、久保さんに電話でいろいろとお訊ねしたことがある。たまたま、ご主人はお留守だったが、奥様とお話しすることができた。

「もしもし、五十嵐ですが、お変わりございませんか」

「はい、ありがとうございます。あなたもお変わりございませんか」

「はい、元気にしています。この度は、祥子先生の楽しい話をお聞かせくださって、本当にありがとうございました」

「ご参考になりましたでしょうか。私たちも昔を思い出して家族で話し合ったり、古いアルバムの写真を見たりして、懐かしい想い出に触れました」

「そうですか。良かったですね」

「あなたがお書きになった『祥子お祖母さんが、漱石さんの脈拍を測るため、彼の手に触れた時、成り行きというのか、偶然というのか、ひょっとして突然、気持ちでも通じ合ったというのか、とにかく何かの弾みで……』と、いうところは、〈なるほど……！〉と思いましたね。そうした細かいところは、今まで全く気がつきませんでした」

「いや……、多分、そのようなことではなかったか……と」

「二人に起こったことは、自然の成り行きとして十分に有り得ることだったのですね」

「私もそう思います」

「まあ、このお話には、少々、謎があったとしても楽しいですね」

「おっしゃる通りです。私も、〈漱石らしいなぁ〉などと納得しています」

「ほんとですね。ところで、祥子お祖母さんが、マドンナのモデルであった、ということについては、まだ確信がもてないのですが……」

「ごもっともです。それは、もともと、漱石だけの秘密ですから……。漱石しか知らない事なので……」

「私もそのご意見に賛成ですわ。マドンナのモデルは永久に分からないのかも……。それから、あなたの『暗号文説』ですが、あの説は、とても興味のあるお話でした。説得力もあって……。祥子お祖母さんに直接、確かめたかったわ」

「アハハハ……、今から確かめていただくのは無理でしょうか？」

「ウフフ……、お仏壇に聞いてみましょうかしら？」

「アハハハ……、祥子様からお返事があったら教えてください」

「ウフフ……、必ずご連絡しますわ。また、何か新しいお話などありましたら教えてくださいね」

「私の方こそ、よろしくお願い致します」

「ではまた、さようなら」

楽しい会話をさせていただいた。

第三章　わんわん鳴けば犬も同然なやつ

◎『草枕』と天才ピアニスト〈グレン・グールド〉

漱石が、東京帝国大学講師と第一高等学校講師の職を辞して、朝日新聞社に入社する事になった経緯は、朝日新聞社が一九九〇年七月に発行した『朝日新聞社史・明治編』に詳しく紹介されている。

それによれば、最初に漱石に目をつけたのは、朝日新聞社の鳥居素川（とりいそせん）という人で、彼が漱石の『草枕』を読んで感動したのがそもそもの発端であった、との事である。

〈目をつけた〉とは、当世風に言えば、いわゆる〈ヘッドハンティング〉のことであるが、漱石には漱石なりの事情があって、

「はい、そうですか。嬉しいお誘いをありがとうございます。では、朝日新聞社に入社させていただきます」

などと、簡単に入社を承諾した訳ではなかった。

さて、『草枕』について少しばかり寄り道をさせていただきたい。

クラシック音楽のファンの方ならご存じの方も多いと思うが、実は、カナダ生まれのピアニ

スト〈グレン・グールド〉[※1]は、大の『草枕』ファンであった、ということである。

或る日、この『草枕』とグレン・グールドの逸話を思い出し、久しぶりにグレン・グールドの演奏が聴きたくなって、古いLP盤のバッハ作曲『ゴールドベルク変奏曲（BWV．九八八）』を引っ張り出してみた。

バッハにしては、ちょっとジャズっぽい演奏なので驚いた。まるで、ピアノ協奏曲のカデンツァを聴いているようでもあった。いや、ちょっと言い過ぎかもしれないが、ジャズピアニストのオスカー・ピーターソンの演奏とよく似ている、とさえ思った。バッハには、こんな楽しみ方もあったのか――と、首を傾げた。しかし、ジャケットには、「独創的で新鮮で霊感に満ちた真の即興的演奏」と、賛辞が述べられていた。

この曲は、もともとバッハが不眠症に悩む或る伯爵から「不眠症から解放されるような曲が欲しい」と依頼されて作った曲とのことだ。つまり、これを聴けば眠たくなるということか。しかし、何度聴いても睡眠に誘われるようなことにはならないのである。それどころか、却って気分が明るくなってくるのだ。どうやらこの曲は人の心を高揚させるように作られていたのかもしれない。このように考えると、グレン・グールドの奏法は実に道理にかなった演奏だと言えるのではないだろうか。

ところで、〈グレン・グールド〉をインターネットで検索してみて、またまた驚いた。一九八二年、彼は脳卒中で倒れ、一週間後に五十二歳の若さで亡くなったのであるが、その枕元には『聖書』と、書き込みだらけの『草枕』が置かれていた……とか。

そして、彼の言によれば、二十世紀の最高傑作小説は、漱石の『草枕』とトーマス・マンの『魔の山』である、と……。

——なるほど！『草枕』の真価は、天才にしか分からない、という事か——

グレン・グールドの演奏の素晴らしさも、『草枕』の真価も十分に理解できない私は、少々淋しい思いをしたのであった。

さて、漱石の朝日新聞入社が実現したのは、『草枕』の真価を読み取っていた鳥居素川（とりいそせん）の尽力によるとのことであったが、漱石とて、直ちに朝日新聞社への入社を承諾したわけではなかった。

ご存じのように、漱石は、他人（ひと）から勧誘されたからとか、説得されたからといって、簡単にその他人（ひと）の意見に賛同するような単純な人ではない。まして、転職という人生の重大な岐路にあって、いかに朝日新聞社が気に入っていたとしても、安易に入社を承諾するようなことはなかったに違いない。

と考えていたが、それがなんと、あっという間に朝日新聞社への入社を承諾されたのである。その辺りの事情は、漱石が朝日新聞社に入社した直後に書いた『入社の辞』の中に詳しく述べられている。後ほどゆっくり解説したい。

【※1】〈グレン・グールド〉(一九三二〜一九八二年)カナダ生まれの天才ピアニストで、バッハ作曲『ゴールドベルク変奏曲』のアルバムが有名。

◎赤シャツ人間は「成果主義」が大好き

漱石は、小説『坊っちゃん』に、赤シャツというキャラクターを登場させた。

漱石は「赤シャツに良く似た人は、何処にでも存在していて、しかも、随分、厄介なタイプの人間である」という事を世間に教えておきたかったに違いない。こうした〈赤シャツ人間〉が闊歩(かっぽ)するような世の中になることを憂えていたのである。

〈赤シャツ人間〉とは……、例えば、サラリーマン社会にあっては、上司に取り入る事が巧みで、競争相手を排除する技術にも優れ、仲間を作って巧みに自分の陣営を広げていくのが得意なタイプの人間だ。

それは、丁度、赤シャツが、新人の坊っちゃんを自分の仲間に取り込もうと、先ずは、魚釣りに誘っているが、あれも一つの陣営拡張の手段である。

彼らは、常に、何処かに美味しい話はないものかと、情報収集に余念が無い。そして、いつの間にか必ず上手に出世している。いや、いや……、出世した人が、全部、そのようなタイプの人であると言っているのではない。人望、人格、能力、ともに優れ、まわりの人々から押されて出世される方も大勢おられる。この点は誤解のないように願いたい。


ところで、昨今、多くの企業で、人の能力や勤務成績を判定する手段として、「成果主義」を採用することが当たり前のようになってきたが、実は、この「成果主義」というのは、赤シャツ人間と、妙に、馬が合うようだ。

「成果主義」の台頭は、赤シャツ人間にとっては、得意の裏技で暗躍できるいい環境が巡ってきた、ということになる。自分を有能に見せかけるのは、赤シャツ人間の得意技だからである。巧言の術に長け、世渡りが得意な赤シャツ人間にとって、出世ができる絶好のチャンスが到来したのである。

小説『坊っちゃん』では、教頭の赤シャツは、ほとんど校長の意見を無視して、教師たちの給与を自分の思い通りに操っている。給与ばかりか、人事異動も自分の都合に合わせて好きなように采配している。「成果主義」が悪用されると、こうした事が平然と行なわれるようになるのだ。

一方、坊っちゃんと山嵐は、この赤シャツに張り合いながら「言葉巧みに弁解が立っても正義は許さんぞ！」などと言って抵抗するのであるが、結局は権力者である赤シャツには勝てないのである。そして最後は辞表を提出しなければならない羽目に陥るのだ。

「成果主義」の本来の目的は、優秀な人材を真の実力者に育て上げ、彼らを企業、ひいては社会の為に有効に活用させる事にあるのだが、実は、その管理と運用は大変難しい。

充分な準備もしないまま、時代に乗り遅れまいとして、ただ「成果主義らしきもの」を制度化すると、時には重大な損失を被ることになる。

要領のいい人が幅を利かせれば、正しい判断のできる優秀な人材は、消えてゆく。優秀な人材は、「人」を見分ける事のできないそうした企業を見捨てる事になる。気がつけば、そうした企業は、赤シャツ人間に乗っ取られた「砂上の楼閣」となっている。

私の現役時代、と言えば、随分前の話になるが、「職種別・職能別人事管理」、「成果型給与管理」等の制度を研究するため、幾つかのグループを作ってその管理方法について知恵を絞ったことがある。

例えば、成果型給与管理を導入する場合、先ず、手がけねばならないことは「成果の客観的判断基準」の作成であった。

続いて成果に見合った給与制度を確立しなければならなかった。給与制度は、公平性・世間水準との比較・支払い能力等を勘案して制定する必要がある。これも難しい問題であった。


当時は、まだ「年功序列型人事管理」から、こうした新しい管理体制に移行するだけの素地はできていなかった。時期尚早……とでも言うのだろうか。ある種の拒否反応もあった。人が人を評価する事の難しさ……、同じ企業内で働いている者同士が、能力が違うからとか、仕事に違いがあるからと言って、管理や処遇に不公平感を煽（あお）るような制度を適用する事の難しさ……、簡単には割り切れないものがあった。

まだまだ家庭的な雰囲気の中でのびのびと働くことができた「古き良き時代」であったのかもしれない。

今後は、益々「成果主義」のような利益追求型のシビアな制度が、当然のように導入されるようになる。経営者たる者は、〈赤シャツ人間〉の暗躍に惑わされる事のないよう、しっかりと「人」と「成果」を見極める目を持たねばならないのである。

「成果主義」の「果」とは、企業自体の利潤のことには違いないが、願わくは「広く社会にも貢献する果」であると同時に、「社会を安全に守るという果」でもあって欲しい。

二〇一一年三月十一日の東日本大震災に伴う福島第一原子力発電所の事故は、私達に、「安全という果」がいかに大切なものであるか、という事を教えてくれた。

更に、「安全という果」を得るためには、人智に限りがあるにせよ、「万全」を尽くさなければならないことも教えてくれた。勿論、この「万全」の中には、「原子力発電の廃止論」も選択肢に入れる必要がある事はいうまでもない。

利潤を追求する目先の「果」だけが「果」ではない。「成果主義」の「果」が持つ意味について、私達は、もう一度、考え直す必要があるのではないだろうか。

一方、〈坊っちゃん人間〉はどうだろう。

『坊っちゃん』の主人公・坊っちゃんは、赤シャツと魚釣りに行っても、釣れないときは「成果」にこだわらず、舟の中で仰向けになって青空を眺めている。「成果主義」は嫌いなのだ。

〈坊っちゃん人間〉は、自分なりの正義感、道徳感を持っている。そして、どうすれば世のためになるのかという最も大切なことを念頭に置いて行動している。

〈坊っちゃん人間〉は、能力も実力もあるのに、要領が悪い。結局は、世渡りが下手だから出世はできない。そして「成果主義」の世にあっては、何故か埋没して行くばかりである。

◎赤シャツと東京帝国大学

小説『坊っちゃん』に登場する赤シャツは、何もかも漱石が創りだした仮想の人物ではないだろう。きっと何処かにモデルがいたはずだ。いや、モデルがいたからこそ、〈赤シャツ〉というキャラクターが誕生したのである。

そのモデルとは、漱石が良く知る実在の人物だったのか、或いは、学校や教育界の何かえたいの知れない重苦しいものを擬人化したものなのか……？

漱石は、一体、どこから赤シャツを誕生させたのであろうか。

漱石が『坊っちゃん』を著すまでにかかわっていた学校は、東京専門学校、東京高等師範、松山の尋常中学校、熊本の第五高等学校、第一高等学校、東京帝国大学、そして明治大学である。そのような漱石の生活環境を考えてみると、漱石が創りだした赤シャツのモデルは、これらの学校と深い関係にあるはずだ。決して、秋（とき）の政治家とか実業家とか、或いは、近所のおっちゃんなどのタイプではないだろう。

私は、かねがね、赤シャツの〈赤〉は、東大の〈朱塗りの門〉のイメージから発想されたものであると考えている。

それに、もう一つ、赤シャツが大事そうに読んでいた東京帝国大学の文科系機関誌である帝国文学とやらの表紙も、やはり、〈真紅〉だったと聞く。この〈真紅〉の帝国文学は、〈赤シャツ〉と〈朱塗りの門〉の関係を増幅させる役目を担っている。

どうやら、〈赤シャツ〉と〈東大〉とは、切っても切れない深い関係にあったに違いない。赤シャツというキャラクターのニックネームは、〈赤シャツ〉でなければならなかったのだ。青シャツとか黄シャツとか黒シャツでは、読者に東大の〈朱塗りの門〉をイメージさせることができなかったからだ。

漱石は、読者に〈東大〉をイメージさせたいばかりに、〈赤シャツ〉というキャラクターを創り上げたのであった。

東大をイメージさせるキャラクターの命名は、「赤」さえ付けば、〈赤ハンカチ〉でも〈赤ネクタイ〉でも何でも良かったのかもしれない。が、たまたま、松山の尋常中学校には、実際にネルの赤シャツを愛用していた先生が何人かおいでになったようで、これは都合がいい、とばかりに〈赤シャツ〉という名を頂戴されたのだと思う。

◎容貌と外見だけの赤シャツモデル先生

松山の尋常中学には、赤シャツモデルとして、容貌とか外見だけが利用されていた二人の先生がいたらしい。つまり、この二人の先生は、漱石が意図する本命の赤シャツモデルではなかったようだ。

半藤一利氏の『漱石先生、お久しぶりです』によれば、赤シャツ愛用者二人のうちの一人は、「ホホホホ……」[※1]が得意の英語の西川忠太郎先生で、もう一人は物理・化学が専門の東大出身・横地石太郎校長だそうだ。

この他、近藤英雄氏の『坊っちゃん秘話』によれば、赤シャツモデルは、上記二人の他に、更に二人いたそうだ。

一人は、職員会議の最中に例の「琥珀のパイプ」を磨く先生で、宴会などでは「鈴吉」という名の芸者の三味線に乗って、よく呼吸を合わせていたという。この「鈴吉」とは、物語では「小鈴」という名で出ている芸者のモデルであったとか……。

もう一人は、漱石が着任する三か月前に松山の尋常中学校を退職していた前の教頭先生で、その後は、盛岡中学校へ転任されたらしいが、なんでも、気障（きざ）な先生で年中、本当にネルの赤シャツを着ていたそうだ。本当に赤いシャツを着ていた人がいたなんて不思議な話である。

漱石は、このように四人の赤シャツモデル先生達から、都合のいい材料だけを吸い取って、小説の中で上手に利用していたのである。

【※1】〔ホホホホ……〕　赤シャツが笑うときの得意の笑い声。

◎漱石の「博士号辞退騒動」

『坊っちゃん』の話の中に「増給辞退騒動」というのがあった。

坊っちゃんの教師生活がいよいよ軌道に乗りかかってきた時、赤シャツが坊っちゃんに

「あなたの俸給をアップさせましょう」

と言ってくるのだ。『坊っちゃん』から引用してみよう。

ある日のこと赤シャツがちょっと君に話があるから、僕のうちまで来てくれと言うから、惜しいと思ったが温泉行きを欠勤して四時ごろ出かけて行った。（中略）

赤シャツに会って用事を聞いてみると、（中略）

「（中略）都合さえつけば、待遇のことも多少はどうにかなるだろうと思うんですがね」

「へえ、俸給ですか。俸給なんかどうでもいいんですが、上がれば上がった方がいいですね」

「それでさいわい今度転任者が一人できるから――もっとも校長に相談してみないとむろん受け合えないことだが――その俸給から少しは融通ができるかもしれないから、それで都合をつけるように校長に話してみようと思うんですがね」

「どうもありがとう。だれが転任するんですか」

「もう発表になるから話してもさしつかえないでしょう。実は古賀君です」

「古賀さんは、だってここの人じゃありませんか」

坊っちゃんは一旦下宿に帰るが、

転任したくないものをむりに転任させてその男の月給の上前をはねるなんて不人情なことができるものか。

と、もう一度赤シャツの家を訪ねる……

「さっき僕の月給をあげてやるというお話でしたが、少し考えが変わったから断りに来たんです」

（中略）

「あの時承知したのは、古賀君が自分の希望で転任するという話でしたからで……」

「古賀君はまったく自分の希望でなかば転任するんです」

「そうじゃないんです。ここにいたいんです。元の月給でもいいから、郷里にいたいのです」

（中略）

「あなたの言うことはもっともですが、僕は増給がいやになったんですから、まあ断わります。考えたって同じことです。さようなら」と、言いすてて門を出た。頭の上には天の川が一筋かかっている。

この最後の、

「頭の上には天の川が一筋かかっている」

は、心にいつまでも残る印象深い文章であった。

これは、単に空を見上げたら天の川が見えた、という話ではない。「天」に則して坊っちゃんの思いは唯一筋、何でも貰えばいい、というものじゃない、いらないものはいらないんだ、道理にはずれた増給はお断りする、という強い意志を表わした言葉と理解した。

「則天去私」は、漱石最晩年の座右の銘であるが、既にこの『坊っちゃん』を執筆した頃から、こうした「則天去私」に繋がる漱石の人生観が、主人公・坊っちゃんの行動に表現されていたのである。

「則天去私」で思い出したが、これによく似た言葉で私の大好きな言葉がある。白虎隊の学び舎・会津藩校「日新館」の教えにある言葉だ。

ならぬことはならぬものです

これも、きっと漱石の好きな言葉であったに違いない。天に則して私（自分だけの利益や都合）を去れば、いらないものはいらないのである。他人の月給の上前をはねるなんて、してはならぬことだ。会津出身の山嵐も同感だったに違いない。

さて、「増給辞退騒動」というのは、小説の中の出来事であるが、現実の世の中において、漱石には「博士号辞退騒動」という事件が発生していた。

当時の文部省は、やると言うものを断る人はいない、と思い込んでいたのに、漱石はそれを辞退したのである。当時の文部省は、漱石に博士号を与えたつもりでいる。漱石は、辞退したつもりでいる。暫くは平行線のままであったらしい。世間は、勿論、漱石の味方であった。漱石に、やんややんやの喝采を浴びせたのであった。

この漱石の「博士号辞退騒動」と、坊っちゃんの「増給辞退騒動」……、「やる」というものを「いらぬ」という点において、二つの話はそっくり同じだ。「増給してやる」と言った赤シャツは、「文学博士にしてやる」と言った当時の文部省と、ドンピシャリ、一致している。

なるほど、そういうことだったのか。

つまり、『赤シャツ』とは、『当時の文部省』を擬人化したものだったのだ！

これで『坊っちゃん』の最大の謎は解けた。漱石は、官僚たちの偉そうな権威にうんざりだったのだ。漱石は、それを皮肉たっぷりに擬人化した赤シャツに託したというわけだ。

しかし、残念ながらこの推理には大きな誤りがあった。漱石が『坊っちゃん』を発表したのが明治三十九年四月で、文学博士号を辞退したのがおよそ五年後の明治四十四年二月である。

つまり、漱石が『坊っちゃん』を執筆していた時は、まだ「博士号辞退騒動」は存在していなかったのである。だから「当時の文部省」を擬人化して赤シャツを創りあげたという私の着想は、時系列的にみてあり得ない事だった。

私が推理した〈赤シャツのモデルは当時の文部省〉という説は、私の思い違いであった。しかし、ここにただ一つ言える事がある。

それは、漱石の人生観に「いらないものはいらない」という一貫した理念があったことだ。

これこそ「則天去私」の境地に繫がるものではないだろうか。

◎アカデミック・ハラスメント

半藤一利氏は、『続・漱石先生ぞな、もし』に、「『坊っちゃん』は、実は東大批判の書ではないだろうか」と、お書きになっている。

その内容はざっと次の通り。

「漱石が、当時は夏目金之助と言った方が正しいのであるが、東京帝国大学文科大学の講師を勤めていた時の事、教授会は、試験問題を決めるだけで、試験の監督とか採点の手間はいっさい講師達にやらせていた。こうした教授会の権威主義的な勝手な振舞いに、講師であった漱石が『理不尽な命令には従えません』と、反旗を翻した」

と、いうものだ。

半藤氏は、こうしたことから、赤シャツとは、実は、東京帝国大学文科大学の教授会の権威主義を指しているのではないか、と推論しておられる。そう言えば、『坊っちゃん』の随所に、狸や赤シャツの理屈に合わない話がどうのこうの、と書かれている。

「だれが見たって、不都合としか思われない事件に会議をするのは暇つぶしだ。だれがなんと解釈したって異説の出ようはずがない。こんな明白なのは即座に校長が処分してしまえばいいに。ずいぶん決断のないことだ。校長ってものが、これならば、なんのことはない、煮え切らないぐずの異名だ」

とか、

「なるほど狸が狸なら、赤シャツも赤シャツだ。生徒があばれるのは、生徒がわるいんじゃない教師がわるいんだと公言している。気狂（きちがい）が人の頭をなぐりつけるのは、なぐられた人がわるいから、気狂がなぐるんだそうだ。ありがたいしあわせだ」

とかである。

実は、これこそが東大教授会の権威主義に向けられた漱石からの辛辣なせりふであったのかもしれない。

漱石が、東京帝国大学文科大学の講師に任命されたのが、明治三十六年（一九〇三年）で、「理不尽な命令には従えません」と、反旗を翻したのがこの講師時代という事であるから、今からざっと百二十年近くも前の事になる。

ところが、なんと、あれから百二十年近くも経過したというのに、漱石が苦い思いをした権威主義は、平成の今日においても、なお、依然として存在しているのである。例の「アカデミック・ハラスメント」、つまり「アカハラ」とか言ういじめの事だ。

「アカハラ」とは、例えば、教授が大学を舞台に、部下の講師や助手に無理難題をふっかけて研究室から彼らを追い出そうとするような……陰湿ないじめのことらしい。言わば、教授の不当な権力行使による精神的暴力のようなものだ。単なる教授と部下の「相性の問題」として片付ける訳にはいかないそうである。自分自身の地位を守ろうとする教授の本能的な思いが、このような「いじめ」を誘発しているという説もある。

最近では、被害者の立場にいる講師や助手達が思い切って声を上げ始め、訴訟問題にまで発展するケースも増えてきたようだ。

「権威主義」とか「アカデミック・ハラスメント」というものは、時空を超越して存在する人間同士の醜い争いごとのように思えるのである。

◎漱石の『入社の辞』に隠されていた暗号

『朝日新聞社史・明治編』には、漱石の有名な『入社の辞』が載せられている。

同社史によれば、これは、漱石が、朝日新聞社に入社するに際して執筆したもので、東京朝日新聞には、明治四十年五月三日に載せられ、大阪朝日新聞には、これを『嬉しき義務』と改題して四日と五日の紙面に分載された、とある。


「大学を辞して朝日新聞に這入ったら逢ふ人が皆驚いた顔をして居る。中には何故だと聞くものがある。大決断だと褒めるものがある。大学をやめて新聞屋になる事が左程に不思議な現象とは思はなかった。（中略）大学の様な栄誉ある位置を抛(ほう)って、新聞屋になったから驚くと云ふならば、やめて貰ひたい。大学は名誉ある学者の巣を喰ってゐる所かも知れない。尊敬に価する教授や博士が穴籠りをしてゐる所かも知れない。二三十年辛抱すれば勅任官(ちょくにんかん)(※1)になれる所かも知れない。其他色々便宜のある所かも知れない」

と、少々皮肉も含めて書いておられるが、これは、東大に対するある種の批判ともとれる。

小説『坊っちゃん』では、一人のキャラクターである主人公の坊っちゃんが、作者の漱石に成り代わって赤シャツを標的に憤懣(ふんまん)をぶつけていた。

が、『入社の辞』においては、堂々と漱石ご自身が、東大、いや東大のみならず教育界全般に蔓延する因習を標的に、憤懣をぶつけておられるのである。

少し省略するが、更に続く。

「大学では四年間講義をした。特別の恩命を以て洋行を仰せつけられた二年の倍を義務年限とすると此四月で丁度年期はあける訳になる。年期はあけても食へなければ、いつ迄も囓(かじ)り付き獅嚙(しが)みつき、死んでも離れない積(つもり)でもあった。所へ突然朝日新聞から入社せぬかと云ふ相談を受けた。担任の仕事はと聞くと只文芸に関する作物を適宜の量に適宜の時に供給すればよいとの事である。文芸上の述作を生命とする余にとって是程難有(ありがた)い事はない、是程心持ちのよい待遇はない、是程名誉な職業はない」

とある。漱石の嬉しそうな顔が目に浮かぶ。

朝日新聞社では、いつの頃からか、〈社是〉とまでは言わないまでも、「社員は宝なり」と言われるようになり、社員は皆、そうした環境に囲まれて働けることを誇りに思っている。漱石も、「朝日新聞社の宝」として、厳しいながらも心地好い環境の中で、希望に胸をふくらませておられたことだろう。

そして、『虞美人草』に始まる名作が、次から次へと世におくられたのである。

余談ではあるが、漱石が朝日新聞社に入社する一年あまり前に書かれた『坊っちゃん』には、

「新聞ほどの法螺吹きはあるまい。新聞がそんなものなら、一日も早くぶっつぶしてしまったほうが、われわれの利益だろう。新聞に書かれるのは、すっぽんに食いつかれるようなものだ」

などと、日本中の新聞社に憤懣をぶちまけたような記述がある。漱石は、この文章を思い出しながら苦笑されたことだろう。

さて、東大を去った漱石は、この『入社の辞』に、これまでの不愉快な出来事を躊躇することなくお書きになったのである。

そして、いよいよ、本命の赤シャツの正体に迫る記述にさしかかる。

大学で講義をするときは、いつでも犬が吠えて不愉快であった。余の講義のまづかったのも半分は此犬の為めである。学力が足らないからだ抔とは決して思はない。学生には御気の毒であるが、全く犬の所為だから、不平は其方へ持って行って頂きたい。

大学で一番心持ちの善かったのは図書館の閲覧室で新着の雑誌抔を見る時であった。然し多忙で思ふ様に之を利用する事が出来なかったのは残念至極である。しかも余が閲覧室へ這入ると、隣室に居る館員が、無暗に大きな声で話をする、笑ふ、ふざける。清興を妨げる事は莫大であった。

とある。

講義の最中に、教室の近くで犬に「わんわん」鳴かれたのでは漱石も辛かっただろう。教壇から、いくら大きな声で講義をしても、その声は犬の鳴き声に遮られて後ろの方にいる学生にまで届かない。こんな状態を我慢できる教授はいないだろう。静かな教室に喧騒（「犬騒」と書きたいところだが……）は似合わない。

そう言えば、私にも似たような経験がある。

その昔、私が、京都市のノートルダム学院小学校で教鞭を執っていた頃、教室の近くで道路工事か何かでダンプカーが行ったり来たりして、騒音に悩まされた事がある。チョークを手にしながら、ただ、騒音が止むのを待つばかりであった。こうした不快さは、経験者でなければ分からないだろう。勿論、生徒達もつらい思いをしていたことと思う。

漱石にとっては、どうすれば騒がしい犬を遠ざけ、雑談の多い図書館の雰囲気を鎮めることができるかという事が、差し迫った重要問題であった。そこで、漱石先生は考えた。

学長にお願いすればなんとかしていただけるかもしれない……と。

学長ならば、この犬を教室から遠ざけることはそんなに難しいことではないだろう。また、図書館を静かな雰囲気にすることも、ごく簡単なことだろう。

漱石は、あれやこれや悩んだ末に、とうとう書面でもって、これら騒音問題を何とか解決していただけないものかとお願いすることにした。

『入社の辞』は、次のように続く。

「ある時余は坪井学長に書面を奉て、恐れながら御成敗を願った。学長は取り合はれなかった。余の講義のまづかったのは半分是が為めである。学生には御気の毒だが、図書館と学長がわるいのだから、不平があるなら其方へ持って行って貰ひたい（後略）」

うーん……、漱石の『入社の辞』によれば、残念ながら、うるさい犬の鳴き声も図書館のざわめきも、改善されることはなかったようだ。

折角の嘆願書も役には立たなかった。

学府にとって、静かな環境の中で勉学にいそしむという事ほど大切なことはない。

漱石は、こんな初歩的な事も分かってもらえないのか、と腹立たしい思いをなさったことであろう。講義ができないから「抗議」をしたのに、結局は、坪井学長は何もしてくださらなかった……。

しかし、本当にそうだったのか。『入社の辞』によれば、「学長は取り合はれなかった」とある。が、これは、漱石がそのように思っていただけのことで、これが事実かどうかは、今となっては確認の仕様がないのである。

学長はいろいろと犬を遠ざける配慮をしたり、図書係の職員に注意をしたりしていたのかもしれない。漱石は、その学長の努力には気づかず、何ら改善されなかった結果だけを見て不満を残していた……。或いは、学長は、誰かに命じて犬小屋を移動させていたにもかかわらず、その犬はいつもの教室のそばに戻って来てわんわん鳴いていた、ということもあったのかもしれない。漱石の言うことだけを事実として受け止めるべきかどうか、難しいところである。

漱石にしてみれば「何もしてくれなかった学長」であっても、学長にしてみれば「するだけのことはしたが、うまく行かなかった」と、いう事だってあり得る。

なにしろ、問題の相手は、犬と図書係の職員、或いは図書室の利用者である。図書室の方は話せば分かる相手だが、犬の方は聞き分けが無いだけに厄介だ。

ところで、この「犬」とは、わんわん鳴くいわゆる動物の犬のことだろうか。

実は……、

「理屈をこねたり、分かりきったお説教をしたり、威張ったり、理不尽な要求をしたり、弁解したり、自慢したり、ガタガタわいわいうるさく言うだけで、親切心とか、思いやりとか、優しさなどに欠け、その上常識までも無い、まるで何処かで『うるさく吠える犬』のような『人』……」と考えれば、筋の通った話として納得できるのである。

つまり、この「犬」というのは擬人法を用いた漱石流の表現だったのかもしれない。

【※1】〈勅任官〉 明治憲法下の旧制で、勅任によって叙任される官吏〈天皇の命令によって任務に就く官吏)。

◎赤シャツの正体

さて、小説『坊っちゃん』に戻ることにする。

坊っちゃんは、山嵐に、「赤シャツのあだ名」を教えている。それは、

ハイカラ野郎の、ペテン師の、イカサマ師の、猫っかぶりの、香具師の、モモンガーの、岡っ引きの、わんわん鳴けば犬も同然なやつ。

と、いうものだ。

漱石に言わせれば、気に食わない連中は誰でも〈犬のようなやつ〉だったのだ。

これは、あまりにも長いので「あだ名」と言うより、「あだ名の行列」とでも言った方が良さそうだ。いや、もしかして「悪口の行列」かも……。

この「あだ名と悪口の行列」の最後にある「わんわん鳴けば犬も同然なやつ」という部分が、どうやら「赤シャツの正体」を解く鍵になりそうな気がするのである。

漱石の『入社の辞』に書かれていた東大キャンパスの、

「うるさく吠える『犬』」

とは、『坊っちゃん』にある「わんわん鳴けば『犬』も同然なやつ」の「犬」と同じ犬ではなかったか。

時系列でみれば、『坊っちゃん』が発表されたのが明治三十九年四月、『入社の辞』が発表されたのが明治四十年五月、その間、僅か一年そこそこ……。この時期の漱石の思いの中に、「別々の二匹の犬」がいたとは考えにくい。

「わんわん鳴く」というのは、「何処かの人間様が、理屈をこね回して意味の無い事をうるさく喋りまくる」事に通じるのである。

一種の比喩的な表現と観て間違いない。少しは蔑(さげす)んだ表現でもある。

では、その意味の無い事をうるさく喋りまくるだけで、判断力も実行力も無い赤シャツのモデルとは、一体誰のことなのか。

先ずは、半藤一利氏の「東大教授会の権威主義を象徴したもの」という解説がある。

そして、この半藤氏の解説の隅っこの方にそっと加えさせていただけるなら、先に述べた「東大、ひいては教育界の重苦しい封建的な因習を擬人化したもの」という私の推論も仲間に入れさせて欲しい。

東大のみならず、当時の教育界というところは、何をするにもトップダウン方式でなければ動かないところであった。ボトムアップ方式の提案は、ただ封じ込められるだけだった。それは、〈うるさく吠える犬〉の問題が、いくら学長にお願いしても、結局は未解決に終わっていたことから考えても納得できるのである。

もう既に、読者の皆様にはご推察のことと思うが、東大の学長が〈うるさく吠える犬〉の問題を解決できなかった、ということは、〈動物の犬〉を静かにさせることができなかった、という問題ではなかったのだ。

それは、トップダウン的な慣習や、権威主義的な制度の上にあぐらをかいて威張り散らしている教授グループのやりたい放題を、学長はコントロールする事ができなかった、ということだったのだ。

つまり、漱石がイギリスで培ったデモクラティックな思想から見れば、当時の日本の教育界は、まだまだ封建的で、未成熟な状態だった。

漱石は、そのような権威主義的で、重苦しい封建的な因習の中であぐらをかいている教授グループを「赤シャツ」と名づけて『坊っちゃん』に登場させていたのであった。
いや、それだけではない。百年以上経った今日に至るまで、なお、連綿として存在する「アカデミック・ハラスメント」……。これも、漱石によって擬人化されたもう一つの「赤シャツ」であった。漱石が、いかに奥深い洞察力で、時代を越えて人間の心を見つめていたかが理解できるのである。
漱石は、人間の内面にある自己中心的な醜い闇の部分を「赤シャツ」と名づけて世に送り出したのであった。

『入社の辞』の最後は次のように結ばれている。

人生意気に感ずとか何とか云ふ。変り物の余を変り物に適する様な境遇に置いてくれた朝日新聞の為めに、変り物として出来得る限りを尽すは余の嬉しき義務である。

……と。

第四章　箱根の石仏群と『坊っちゃん』

◎多田満仲の墓

元箱根から、上二子山の中腹に向かって車を走らせると、五分も経たない内に、「精進池」という静かな池に出会う。この精進池は、道路の左側にあって、周囲一キロメートル前後の自然に囲まれた美しい池である。

この池は、今でこそ落ち着いた佇まいをしているが、鎌倉時代は、地中から火山地帯特有の熱湯と噴煙が溢れ出る荒々しい地獄のような池であったという。その頃、この池は「生死池」と書かれ、「しょうじがいけ」と呼ばれていたそうだ。生と死の境目にある池……ということだろうか。いつの頃からか、火山活動が収まるにつれて、「生死池」は「精進池」と書かれるようになり、「しょうじんがいけ」とも、「しょうじんいけ」とも呼ばれるようになった。

当時、ここを訪れた旅人は、この池から溢れでる熱湯と噴煙が、まるで川のように流れ行く恐ろしい光景を見て、

「三途の川とはこのことか……。死出の旅路の始まりはここからだったのか……」

と、恐れおののいたそうだ。

その頃、地蔵講（＝地蔵菩薩の功徳をたたえ、救いを祈る宗教的集団）の信者達や土地の人達

精進池

は、精進池の周囲に石仏や石塔を築いて、幼くして亡くなった子供達の霊を弔う供養としたのである。人々は、あの世の子供達が賽の河原の鬼どもから逃れて地蔵菩薩にすがろうとしている姿を偲び、子供達の極楽浄土を願って、この地を地蔵信仰の霊場としたのであった。

精進池を巡りながらこうした思いに耽っていると、ふと目の前に〈多田満仲の墓〉という道案内があるのに気がついた。

このあたり一帯は、国の史跡に指定されているが、有名な石仏群や磨崖仏があって、これらは中世の地蔵信仰を物語る遺物として国の重要文化財にも指定されている。

しばらく先へ進むと、立派な石塔が目

に入った。
皆さんは既にお気づきのことと思うが、この多田満仲とは、源氏興隆の基礎を築いた有名な〈源 満仲公〉（みなもとのみつなか）のことで、鎮守府（ちんじゅふ）将軍として国力の増進に力を注いだ平安中期の立派な武将であった。

ところで、多田満仲について、もう一つ、何か、わくわくドキドキするような楽しい思い出があった。それが何だったのか、暫くは思い出せないでいた。〈ただのみつなか……〉、いや、もしかして〈ただのまんちゅう……〉、何処かで聞いた覚えがある。親しみの籠った懐かしい名前だ。多田満仲のお墓を眺めながら、暫くの間、多田……、多田……と、何回も繰り返してみた。繰り返しているうちに、微かな記憶がよみがえってきた！

漱石の小説『坊っちゃん』に登場していた多田満仲を思い出したのであった。

少しずつ順番に、細い糸を手繰り寄せるように、お墓の〈多田満仲〉から、『坊っちゃん』の〈多田満仲〉へと辿り着いたのであった。

多田満仲は、確か、物語の中では、主人公・坊っちゃんのご先祖様に当たる人で、坊っちゃんの言によれば、歴史上、大変立派な人であったとか。

さて、箱根から帰って、あらためて『坊っちゃん』を読み直してみて納得した。坊っちゃんの名調子の中に、多田満仲は二度も登場していた。

「多田満仲の墓」への道案内

「多田満仲の墓」

◎多田満仲は漱石の誇り

最初は、坊っちゃんが先生になってから初めての宿直当番の時である。さあ寝ようか、と、横になりかけた時、寝床の中やら蚊帳(かや)の中のあちらこちらからバッタが飛んできた。いわゆるバッタ騒動である。

やっとバッタを退治したと思ったら、今度は突然、校舎の床板をドンドン踏み鳴らす寄宿生達のいたずらが始まった。

坊っちゃんは、校舎の床板を踏み鳴らすとは小癪(こしゃく)な野郎ども……とばかりに、

「江戸っ子はいくじがないと言われるのは残念だ。宿直をして鼻垂(はなった)れ小僧にからかわれて、手のつけようがなくって、しかたがないから泣き寝入りにしたと思われちゃ一生の名折れだ。これでも元は旗本だ。旗本の元は清和(せいわ)源氏で、多田(ただ)の満仲(まんじゅう)の後裔(こうえい)だ。こんな土百姓とは生まれからして違うんだ」

と、半分は自分自身に言い聞かせるように寄宿生達と対峙(たいじ)している。

次は、練兵場で行われた祝勝会の時のことである。
中学校の生徒達と師範学校の生徒達が街角で乱闘騒ぎを起こし、坊っちゃんと山嵐（やまあらし）は、騒ぎを鎮めんとしてそこへ割って入るのである。翌日の新聞にその顛末（てんまつ）が載っている。その内容は正確でないどころか、坊っちゃんと山嵐の二人を中傷するものであった。

「なまいきな某とはなんだ。天下に某という名前の人があるか。考えてみろ。これでもれっきとした姓もあり名もあるんだ。系図が見たけりゃ、多田満仲（ただのまんじゅう）以来の先祖を一人残らず拝ましてやらあ」

と、独り言。漱石は、このように『坊っちゃん』で、多田満仲を二度登場させたのであった。ところで、漱石と多田満仲にはどんな関係があったのだろう。

小宮豊隆氏の著作になる『夏目漱石』上中下（岩波文庫、一九八六〜一九八七年）によれば、「夏目家の祖先は、江戸の名主であったが、夏目家に伝わる〈家系図〉によると、先祖は多田満仲の弟・満快（みつよし）から八代目の夏目姓の旗本であった」とのことである。

〈実在の漱石〉が多田満仲の弟の血筋をひき、〈架空の坊っちゃん〉も多田満仲の子孫であるというのであれば、漱石と坊っちゃんは、遠い親戚どうしだ。

〈実在の漱石〉と〈架空の坊っちゃん〉が親戚どうしだなんて不思議な話だが、こんな事から、「坊っちゃんのモデルは、実は、漱石自身だったのだ」と考える人もいたようだ。

「系図が見たけりゃ、……拝ましてやらあ」

と、言っているところをみると、夏目家には立派な家系図があって大切に保存されているのではないだろうか。漱石は、多田満仲を大いに誇りとしていたのであった。

◎「関西日光」とも称される大社、多田神社

いつの事だったか、多田満仲が祀られている兵庫県川西市の多田神社を訪ね、神職にいろいろとお尋ねしたことがある。

「多田満仲のことでお尋ねしたいことがあるのですが……」

「どんなことでしょう？」

「たとえば、多田満仲の功績とか？」

「そうですね、多田満仲には立派な功績が沢山ありますよ」

「と、言いますと？」

「国家鎮護の大任を果たされ、沼地を開拓して多くの田畑を造り、河川を改修して港湾を築き、鉱山事業にも力を注ぎ、国力の増進と源家興隆の基礎を築かれた……など、いろいろと伝えられています」

「なるほど、いろいろな分野にわたって活躍なさったのですね」

「そうです。多田満仲は平安中期の武将で、摂津守（せっつのかみ）となって摂津の多田を本拠とし、この多田神社を創建（そうけん）（＝一番最初に建てること）されました」

「神社の創建というのはとても大変な事なのでしょうね？」

「その通りです。権力や財力があったとしても、神社の創建というのは人望とか徳がなければできないことだと思います」

「なるほど！　ところで、いつぞや箱根の石仏群を散策中、精進池のそばで〈多田満仲の墓〉に遭遇しましたが、あれは、本当に多田満仲のお墓なのですか」

「お墓と言っても差し支えはないのですが……」

「……」

「あれは、正確に言えば〈お墓〉ではなく『宝篋印塔（ほうきょういんとう）』と言います。つまり供養塔（くようとう）の事ですね。多田満仲の本当のお墓は、この多田神社に祀（まつ）られているのですよ」

「そうですか。知りませんでした」

多田神社（兵庫県川西市）

「そう、そう、高野山にも分骨されて祀られています」

「はぁー？　それも知りませんでした。いろいろとありがとうございました」

　多田神社の栞（しおり）にも、多田満仲公の御功績は、我が国史上、燦（さん）として輝くものである……と、詳しく説明されていた。

　――もしかして、この多田神社や多田地区の地名になる〈多田〉という名は「沼地を開拓して多くの田畑を造り……」の〈多くの田畑〉という意味が語源となって生まれた地名かもしれない――

　などと、勝手な推理を楽しみながら神社の奥のお墓の辺りを見学させてもらった。

夏目家の先祖は、多田満仲の弟「多田満快」から八代目の夏目姓の旗本であったと言われている。
多田神社境内にて

この神社は、「関西日光」とも称される大社で、源氏の祖廟（＝先祖のみたまや）とも言われ、ここには、源満仲・即ち多田満仲を始め、頼光、頼信、頼義、義家の五公が奉斎（＝神仏を謹んでお祭り申すこと）されている。土地の人々は、この多田神社や多田満仲のことを〈まんちゅうさん〉と親しげに呼び、尊敬の念を込めて崇めているとのことであった。帰りぎわ、神職に、多田満仲の供養塔が、何故、箱根の精進池のそばに祀られているのかを尋ねてみた。

「多田満仲は、地下資源にも造詣が深く、溶岩や熱湯の溢れ出ていた箱根をくまなく調査されていたからではないか、と言われています。が、あの宝篋印塔、つまり供養塔のことですね。あれが造られたのが鎌倉後期で、多田満仲が活動されていた時代がそれより前の平安中期であることを考えると、時代が一致しないのです」

「そうですか。そこまでは考えが及びませんでした。なんだかミステリーのようですね」

「そうなのです。ミステリーです」

「宝篋印塔が、鎌倉後期に建てられたという事は、どうして判ったのでしょう？」

「箱根の宝篋印塔には、それが判るような銘文（めいぶん）（＝石に刻み記したもの）が彫られているのではないでしょうか。たとえ、それがなかったとしても、あのように立派な宝篋印塔ですから、専門家の目から見れば、製作年代は一目で分かるはずです。宝篋印塔の笠石の四隅に馬耳形突起（ばじけいとっき）という隅飾り（すみかざ）の突起がありますが、この形を見ればだいたいの製作年代は分かるそうですよ」

「はぁ……、随分、専門的なお話ですね」

「はい……。つまり、あの宝篋印塔は、多田満仲公がご自分でお建てになったものではなく、後の誰かが多田満仲公を慕ってお建てになられたのではないかと考えられています。ですから、ひょっとして、多田満仲公は、箱根には、直接的な関係はなかったのかもしれません」

「そうですか。あの宝篋印塔をお建てになったのは誰なんでしょうね？」

「鎌倉幕府のバックアップもあって、地蔵講の信者の方々がお建てになったのではないかと言われています。供養塔を建てて、箱根山を越える旅人や土地の人々に安らぎを与える、ということが、鎌倉幕府にとっては大切なことだった……」

「なるほど。旅人や、土地の人々は、溶岩や熱湯、そして噴煙の溢れ出る精進池に恐れおのののきながらも、そこで多くの地蔵像に出会い、胸をなで下ろしたということですね。熱いところで『ホット』一安心……！」

「アハハハ……。溶岩と熱湯と噴煙に囲まれながら『ホット』一安心！」

「アハハハ……。ところで、多田満仲の名で供養塔が建てられたということは、多田満仲が、いかに当時の人々から慕われていたか……ということでしょうね」

「その通りです。満仲公は、源氏繁栄の礎（いしずえ）を築いた人ですからね。鎌倉幕府にとってはとても大切な人でした。当然の事と思います」

「良く分かりました。いろいろと貴重なお話を有り難うございました」

◎その昔、箱根は地獄であった

多田満仲の供養塔が、何故、精進池のそばに祀られていたのか。神職のお話を聞いてやっと飲み込めたのであった。更に、当時の歴史を調べてみると、どうやら鎌倉幕府は、宗教政策の一環として、箱根山一帯を仮想的な「地獄」に見立てていたようだ。

つまり、幕府が置かれている鎌倉の地を「この世の極楽浄土」と設定したからには、「極楽浄土」に比較すべき対象として、箱根山一帯を「仮想的地獄」に設定しておく必要があったのだ。当時の箱根山一帯は、その「仮想的地獄」という舞台を設定するに相応しい情景を呈していたということか。

芦ノ湖の湖畔あたりは「賽の河原」にぴったりだ。溶岩と熱湯と噴煙が溢れる精進池周辺は、まさに「三途の川」であり、「死出の沢」であり、「血の池地獄」であった。

そのすぐ近くにある上二子山は「針の山」そっくりで、もし、これに「閻魔大王」でも揃っていたら、まるで絵に描いたような「地獄絵図」が完成したことだろう。

そもそも「極楽浄土」とは、「地獄」よりはいいところ、という比較の問題だったのだろうか。今は、極楽浄土の鎌倉も、地獄の箱根も、旅行者を楽しませてくれる素敵な観光地となっている。

◎多田満仲の子孫・石川絢

さて、多田満仲と漱石には、もう一つ、不思議な繋がりがある。

それは、漱石の教え子の英語教師・堀川三四郎氏の妻・絢が、実は、多田満仲の正統なる子孫、石川一族のお嬢様であった、ということだ。

『修訂版・石川氏一千年史』（角田市史別巻1）の「序」によれば、

「清和天皇の曾孫（そうそん）（＝ひまご）源 満仲公より出づる所の諸源、其の系統の燎（りょう）（＝篝火の燃え盛る如く明白なるさま）として正しきもの、天下独り石川氏に如く（し）（＝肩を並べる）ものなし。石川氏は即ち、満仲公の次男頼遠公より連綿一千有余年間、正統を継ぎて今日に至りたる也」

更に続けて、

「多田満仲は、当初、摂津の国・柳津（やないづ）を治めていたが、十一世紀後半、源 義家に従って奥州遠征に参加した。源 義家を助けるため、先ず、自らが先立って出発し、途中、白河の近くの石川に到着してその地を開拓し、準備を整えた後に、源 義家を迎えたのであった」

と、解説されている。

石川一族は、こうした経緯があってこの石川の地に住み着いたのであるが、五百年余り後、秀吉の小田原城攻めに出兵しなかった廉（かど）（＝理由として指摘される事柄）で、この石川の地を追われ、最終的には、角田（かくだ）の地に落ち着いたとの事である。

漱石と多田満仲には、血族関係以外にこのような関係もあったということを知り、驚いた次第である。

◎閑話・漱石枕流（そうせきちんりゅう）

友人に、

「先日、箱根に旅行に行ったとき、箱根の石仏群で『多田満仲の墓』ちゅうのん（というのを）見つけてん」

と話しかけた。

「へぇー、それがどないしてん？」

「それが切っ掛けになって……とでもいうのか、漱石の『坊っちゃん』にまつわるいろんな話を書いてみようとおもてんねん（思っている）」

「その墓と『坊っちゃん』とどない（どんな）関係があるねん？」

「『坊っちゃん』の小説の中に、その多田満仲ちゅう人（という人）がでてくるんや！　面白いでぇー……、何か書いてみたいとおもてんねん（思っています）」

「へぇー、面白そやなぁ！　本にするんかいな？」

「そのつもりやけど……」

「ほんなら（ということなら）、ペンネームはどないすんねん（どうするの）？」

「えっ！　ペンネーム？　別に考えたこともないけど……！」

「『漱石枕流（そうせきちんりゅう）』ちゅうのん（という言葉）、聞いた事ないか？　前半の〈漱石〉ちゅうペンネームは、世界の文豪・漱石がつこたはるさかい（使っておられるので）、その後半の〈枕流〉ちゅうのはどないやねん？　これはまだ誰もつこてへん（使用していない）と思うけど」

「なんか、ちょっと、畏れ多いんとちゃうやろか！」

「そうかなぁ、『漱石』の研究書ちゅうんやったら（というのであれば）、漱石にあやかって、ええ思うけどなぁ……」

「そう言えば、阿刀田 高（作家・阿刀田 高氏）も、『ペンネームとして〈枕流〉ちゅう（という）いい名前が残ってますよ。誰かお使いになりませんか……』なんて、なんかの本[※1]に書いたはったような気がすんねんけど」

「へぇー！　そやったら（という事ならば）、なおさら遠慮せんでもええやん、〈枕流〉にしたらどないやねん！」

「勘弁してーな。田舎もんにそんな立派なペンネーム付けたら、笑われるだけやヮ。僕には似合わへん……」

「へぇー！　遠慮深いんやな……」

「漱石枕流」とは、中国『晉書（しんじょ）』の『世説新語（せせつしんご）』にある故事から出た有名な成句である。これは今更説明するまでもないが、若き日の孫楚（そんそ）が親友の王済（おうさい）に、

「いっぺん、俗世を離れて、一人で山林で暮らしてみたいんやけど……」

と、その心境を打ち明け、

「『石に漱（くちすす）ぎ、流れに枕す』ちゅうのも、たまにはええんちゃうか？」

と、言った。

これを聞いた王済は、

「あかへんがなぁ、ちょっと待ちぃな。それは、『石に枕し、流れに漱ぐ』言うんやで。ちごてんのとちゃうか？」

と、孫楚の間違いを指摘した。

孫楚は、内心「しもたー！」と思ったが、

「『流れに枕す』ちゅうのはなぁ、つまらんことを聞いた時に、耳を洗って身を清めるちゅう事やんか。『石に漱ぐ』ちゅうのはなぁ、歯をみがくことやで……」

と、うまく逃げ込んだ。

王済は、孫楚の説明を聞いて、（この説明は嘘っぱちやけど、やっぱー、孫楚は「天才」やなぁ。うまいこととまとめたもんや！　参った、参った……）と、感服したという。

そう言えば、この「天才」の話、高校時代の漢文の授業で教わった記憶がある。

久しぶりに聞く話だ。すっかり忘れていた。

「てんさいは、忘れた頃にやって来る」

なーんて、うまく言ったもんだ。

と、お馴染みの聞きなれた「落ち」で、締めくくってはみたが、二〇一一年三月十一日の東日本大震災以降、日本列島では、地震や余震が頻繁に発生し、天災を忘れてしまう暇もない。

更に、二〇一六年四月十四日に始まる熊本県益城(ましき)町を襲った一連の地震は「平成二十八年熊本地震」と名づけられ、大分県にまで拡大する大地震となっている。

諺としてはむしろ、

「天災は、忘れたいのにやって来る」

と、言い直したいくらいだ。日本列島も、早く落ち着きを取り戻して、元の
「天災は、忘れた頃にやって来る」

と、言われていた頃の姿に戻って欲しい。


――被災者の皆様に、一日でも早い復興と幸せが訪れますよう祈っています――

この「天災は、忘れた頃にやって来る」という諺は、漱石の門下生であった寺田寅彦[※2]の言葉とされている。

【※1】〔なんかの本〕阿刀田 高著『ことばの博物館』（文春文庫、一九八九年）の中に、「漱石枕流」と題する記述がある。

【※2】〔寺田寅彦〕物理学者・文学者で東大教授。一八七八〜一九三五年。高知市の寺田寅彦邸址にある碑文によれば、

「天災は忘れられたる頃来（きた）る」

と、記されている。

第五章　幻の「五重の塔」と、実在する「ターナー島」

◎高柏寺（こうはくじ）の五重の塔

或る日、坊っちゃんは、赤シャツに誘われて魚釣りに出かけるのだが……。

坊っちゃんは、舟の上から陸地を眺めながら、

「船頭はゆっくりゆっくりこいでいるが熟練は恐（おそろ）しいもので、見返ると浜が小さく見えるくらいもう出ている。高柏寺（こうはくじ）の五重の塔※1が森の上へ抜け出して針のようにとんがってる」

と、感想を述べている。

坊っちゃん、赤シャツ、野だいこの三人が魚釣りに出かけた海岸辺りで高柏寺という名のお寺を探してみたが、そんなお寺は何処にも見当たらない。どうやら、この「高柏寺の五重の塔」というのは架空の話ではないかと思った。

この五重の塔は、漱石が松山に居た頃は確かに存在していたが、今はもう存在しない、ということなのか。或いは「高柏寺の五重の塔」ではないが、似たような五重の塔が近くにあった、ということなのか。

松山を良く知らない私が、一人で歩き回っても「高柏寺の五重の塔」に関する確証は得られないと考えたので、札所めぐりで有名な太山寺(たいさんじ)に電話をして尋ねてみた。この太山寺は、坊っちゃんが魚釣りに出かけた海岸から地理的にも近く、いろいろとお尋ねするのにふさわしいお寺だと思った。

電話でお聞きした話は次のようなものだった。

「太山寺にも周辺のお寺にも五重の塔はありません。ただ、室町時代の頃、太山寺には、三重の塔があったらしいのですが、いつの頃か、なくなってしまいました。これとても、漱石がおられた時代には既になくなっていたと思います……」

とのことだった。そしてお話の最後に、

「もっと詳しいことが必要なら、例えば、太山寺の三重の塔がなくなった原因とか、漱石がおられたころの周辺の様子などお調べしてもいいのですが……」

とまで言ってくださった。

しかし、これ以上調べてみてもあまり意味がないので、太山寺には丁重にお断りして、「高柏寺の五重の塔」の調査は打ち切ることにした。

この辺りの海岸は高浜港に近く、海の方を眺めればあの有名な「ターナー島」が見えた。

「高柏寺の五重の塔」は架空の話だったが、「ターナー島」は実在する島だった。

ターナー島の写真を何枚か撮ってから、越智さんにも会いたいし、いろいろ松山の観光に関するパンフレットなども見たくなったので　道後の観光案内所を訪ねることにした。


観光案内所では、運よく越智さんに会うことができた。

「先日はマドンナのお話など、いろいろとありがとうございました。ところで、ご報告したいことがあります」

「何でしょうか？」

「物語の中に、赤シャツに誘われて魚釣りに行った坊っちゃんが、舟の上から陸地の方をなんとなく眺めていたら五重の塔が見えた、という話がありましたね」

「ああ、そうそう、確か『高柏寺の五重の塔』のことでしたね」

「そうです。さすが良くご存じですね」

「なんとなく記憶に残っていたようで……」

「その『高柏寺の五重の塔』のことなんですが、高浜港の辺りを訪ねて、あちこち探してみましたが、結局、それらしきものは見当たりませんでした」

「なるほど！　そりゃーいくらさがしても無理な話でしょう」

「なーんだ、越智さんは、初めからご存じだったのですか」

「知っていましたよ。高浜港の周辺には五重の塔らしきものなんてありませんよ」

「だったら、初めから越智さんにお聞きすればよかった……。勿論、漱石が松山に滞在していた頃も、なかったのでしょうか」

「ですね」

「やっぱり……。いくら探しても、見当たらないので、もしかして、これは、漱石が勝手に想像して書いたものだったのかと……」

「それが正解でしょう」

「漱石の小説では、登場人物であれ、舞台であれ、ほとんどと言ってもいい程、実在モデルがある、と思い込んでいたものですから……。結局、この場合は、残念ながら、五重の塔は無かったということですね」

「その通りです。気を落とされましたか？」

「という程でもありませんが……。五重の塔は無かったということが分かって、却ってすっきりしました」

「まぁ、無いものは無いのです。我慢してください」

「アハハハ……、ほんとですね」

「もとは、と言えば小説ですから、五重の塔らしきものが無かったからと言って、漱石に文句も言えませんね」

「その通りです。『高柏寺の五重の塔』が、漱石の想像で書かれていたとしても、それはそれで楽しい事です。ただ、実在するモデルがあったとすれば、その五重の塔を眺めながら当時の漱石と同じ思いを共有する事ができた……」

「うーん、漱石の思いを共有……ですか。なるほど！　それは楽しいお話ですね」

さて、話は変わるが、松山の俳人・正岡子規は次のような俳句を詠んでいる。

塔の高さよ 秋の空
見あぐれば

これは、子規が「石手寺の三重の塔」を仰いで詠んだ俳句である。

子規の親友であった漱石がこの俳句を知らぬはずがない。勿論、漱石の脳裏にはこの子規の句とともに、「石手寺の三重の塔」の姿も、しっかりと映像として収められていたことだろう。

漱石は、坊っちゃんや赤シャツ達が魚釣りに出かけるシーンを書きながら、この「石手寺の三重の塔」を思い出し、それを「高柏寺の五重の塔」と称して想像をふくらませた……、とは少々、私の夢の見過ぎだろうか？

これはあくまで一つの仮定であって、確証はない。

が、もし、この仮定が事実ならば、私達は、重要文化財である「石手寺の三重の塔」を仰ぎながら、当時の漱石の思いを共有することができるのである。

【※1】〔五重の塔〕は、通常、「の」を省いて「五重塔」と書かれる場合が多いが、漱石は「五重の塔」としているので、ここでは漱石に倣って「五重の塔」と書かせていただく。

第51番札所・石手寺の三重の塔　重要文化財

◎ターナー島

越智さんが、

「ターナー島はいかがでした？　しっかり御覧になりましたか？」

と、尋ねてくださった。

「はい、ちゃんと見てきましたよ。この辺りから見えるのかな、と思って車を停めて、ふと海の方を眺めると、あのターナー島が見えるじゃありませんか。もう、嬉しくって……！」

「『マドンナ島』と呼ぶ人もあるそうですよ」

「はぁ……？『マドンナ島』っていうんですか……！　知りませんでしたね。それに、もっと、沖の方かと思っていたのですが、案外、近いところでした」

「初めてご覧になられる方は、皆さん、そうおっしゃいます。小説を読んだだけでは、実際のターナー島を想像するのは難しいでしょうね」

「……」

「その島は、高浜町の沖にあって……、もう少し正確に言えば、黒岩海岸の西約二百メートルの沖合いにあって、高さ十八メートル、周囲約百四十メートルの無人島です。ほとんどが風化のすすんだ花崗閃緑岩（かこうせんりょくがん）で形成されているんですよ」

「さすが、お詳しいですね。岩盤だらけのところなのに、美しい松が育っていたなんて、素敵な話ですね」

「その通りです」

明治 30 年代のターナー島　漱石が松山に来たのは明治 28 年
北岡杉雄氏 提供

「赤シャツも野だいこも、見事な松を見て、『絶景でげす！』とか、『ターナーの画にありそうだ！』[※1]などと言って……。おまけに、『ラファエルのマドンナを飾ればいい画になる』とかなんとか……」

「アハハハ……。ところがですね、現在育っているあの松は、坊っちゃんが、つまり、当時の漱石が眺めた松じゃないんです。その頃の松は、全部枯れてしまいましたよ。あなたがご覧になった松は、松山の或る篤志家によって新しく植え替えられた松なんです」

「はぁ、そうなんですか……？　篤志家と言いますと……？」

「以前、すぐ近くの高浜小学校で先生をなさっておられた北岡杉雄先生のことですが……」

昭和50年頃のターナー島　郷土史『たかはま』の表紙
北岡杉雄氏 提供

「北岡先生？　で、その先生は、漱石の研究家とかファンとか……？」

「かもしれませんね。でも、北岡先生には、松が枯れては困る別の理由がありました。実は、あの高浜地区には、『たかはま』と題する郷土史研究の冊子があって、その表紙を飾っているのがあのターナー島の松の風景なんです。先生はその編纂をなさっておられたそうですが、松が枯れ始めてびっくり……」

「なるほど……」

「松が枯れたのでは、大切な郷土史の表紙も一大事です」

「せっかくの『表紙』も『拍子抜け』……」

「アハハハ……、その通りです。ですが、北岡先生は、表紙のこともさることながら、本当はターナー島の松のことが心配になってきたのです」

「松の無いターナー島なんて、寂しいですからね」

「そうです。でも、何とかしなければ……。で、先生は松の苗を植える決心をなさいました。

聞けば、随分、苦労なさっているんですよ。急斜面の岩場で滑って怪我をなさったり、心ない釣り客のいたずらに悩まされたりして……」

と、言いながら、上着のポケットから手帳のようなものを取り出して、

「昭和四十年の初め頃から松喰い虫による被害が出始めて、昭和五十二年の終わりにはとうとう全部枯れてしまったそうです」

「原因は、松喰い虫だったんですか」

「そうです。正確には『マツノマダラカミキリ』というそうです」

「難しい名前ですね。日本中の松がその松喰い虫にやられそうになったとか……」

「らしいですね。で、先生はこのまま放置しておくわけにはいかない、と考えて、昭和五十三年二月二十八日、二十本の松の苗と鹿沼土(かぬまつち)(※2)などを持ってターナー島を訪ねられたそうです」

「素敵なお話ですね。いよいよ、行動に移された……」

「そうです。北岡先生は、最初は、どうすれば島に松が育つのか全く分からず、とにかくやってみるしかない、という思いでスタートされました。一本でも育ってくれたら……。

と、祈るような気持ちだったそうです。島に辿り着いて驚きました。なんと、土らしいものが全く無いのです。三本の苗は持参した鹿沼土に植えましたが、残りの十七本は、岩を細かく砕いて、それを土代わりにして植えました。植えたあとは、直ぐにでも見に行きたい気持ちでいっぱいでしたが、それをじっと我慢して、とにかく一年間は待つことにしたそうです。自然

の成り行きを見るためでしょうか……。植えた松のことを思いながら、夏の猛暑や冬の冷たい潮風に心を痛めておられたとも聞いています。やがて、待ちに待った一年がたち、島を訪ねてみると、育っていたのは客土の鹿沼土に植えておいた三本の苗だけで、あとの十七本は全部枯れていたそうです」

「なんと……！　石や岩盤だけでは育たなかったんですね」

「そのようですね。それからというもの、決して諦めずに、次から次へと、延べ百本を越える苗木を植えられたそうです」

「そんなに沢山！」

「でも、全部は育たなかった。台風や渇水にも悩まされました。結局、現在まで無事に育ったのは一本の赤松と、十数本の黒松だけだそうです。その一本の赤松ですがね、ちゃんと名前があるんですよ。勿論、北岡先生がその名づけ親ですがね」

「当ててみましょうか。『ターナーの松』、いや、『坊っちゃんの松』……かな？」

「いえ、いえ……、ほら、もう一つあるでしょう？」

「はぁ？　あっ！　そうだ、そうだ。島の愛称が『マドンナ島』なら、もしかして、『マドンナの松』？」

「その通りです！」

「ロマンがあるなぁ。いい名前ですね！　確か、北岡先生とおっしゃいましたっけ？　素敵な方ですね」

「苗木の費用も、舟の費用も、全部自費でなさっているそうです」

「そうですか。偉いなぁ。ただ、いつも潮風に吹かれ、水は天からの貰い水、と言うのでは、また枯れてしまうかも……」

「そうかもしれません。が、先生は、とにかく手を加えなくても大丈夫、という日が来るまで頑張る、とおっしゃっています」

「本当に大丈夫なんでしょうか？」

「専門家が、『地質学上、もとの姿に戻るのは難しい』と、おっしゃったそうですが、先生は諦めなかったんですね」

「松のことで、そんなに苦労なさっておられたなんて全く知りませんでした。松なんて勝手に生えているものとばかり思っていました」

「みんなそのようにおっしゃいます。さてさて、子規は、この美しいターナー島の情景を、

初汐や
松に浪こす　四十島

と、詠んでいます。四十島（しじゅうしま）というのは、ターナー島の正式名です。ターナー島は松がある

ターナー島、正式名は「四十島（しじゅうしま）」
2003 年（平成 15 年）9 月 24 日 撮影

からこそターナー島と言えるんですね」

と、言いながら、手帳をポケットにしまい込み、更に続けて、

「『マドンナの松』で思い出しましたが、その後、あなたが発掘された新しいマドンナ情報など、何か楽しいお話はありませんか？」

「はい、実はびっくりするような話が現れました。私は、今でもあなたに教えていただいた美貌の女医の久保祥子さんが本命のマドンナではないかと思ってはいるのですが、もう一人、こちらの方こそ本命のマドンナかもしれないという候補が現れました」

「……」

「勝山一義という先生からお聞きした話ですが、そのマドンナ候補というのは、福島県とか宮城県に所縁（ゆかり）のある石川一族のお嬢様で、石川（いしかわ）絢（あや）さんという方です」

「はぁー？　福島？　宮城？　そんな所にマドンナのモデルがいたなんて不思議ですね。漱石との接点はあるんですか？」

「それがまた、大ありなんです。不思議に思われるのも無理はありません」

「是非、聞かせて欲しいですね」

【※1】〔ターナーの画〕　赤シャツや野だいこが言う「ターナーの画」というのは、今なお英国最高の画家と称されるジョゼフ・マロード・ウィリアム・ターナー（一七七五〜一八五一年）が描いた見事な枝ぶりの傘のような松の絵のことで、その絵は『チャイルド・ハロルドの巡礼——イタリア』と題して英テート美術館に所蔵されている（口絵の記参照）。
【※2】〔鹿沼土〕　保水力と通気性に優れ、園芸に適している土。

◎新説・『坊っちゃん』とそのモデル達

私は、越智さんに勝山一義氏の「小説『坊っちゃん』誕生秘話」、「続・小説『坊っちゃん』誕生秘話」に書かれていたマドンナのモデルの話をする事にした。

「清和源氏から始まる系列に、〈多田満仲〉がおられることは良く知られている事なんですが、その多田満仲の次男・頼遠の子孫に石川一族という系列があって、その子孫に石川絢という お嬢様がおられたそうです。この方がマドンナのモデル候補ではないか、という説があるんです」

「へぇー！〈多田満仲〉はよく聞きますが、石川一族というのは知りませんでした」

「この石川絢さんというのは、漱石の教え子・堀川三四郎さんの奥様でした」

「なるほど。絢さんとやらのご主人様の先生は、漱石だった、ということですね」

「ということになりますね」

「そのご主人の堀川三四郎さんとは、どんなお方ですか」

「とりあえず、東大時代の漱石の教え子で、後に英語の先生になられた人とご理解ください」

「なるほど、分かりました。ところで、何処からそんな話が出てきたんですか？」

「先程、お伝えしました勝山一義先生の研究からです。勝山先生は、以前、新潟県上越市の関根学園高等学校の校長をしておられた方で、『坊っちゃん』の登場人物のモデルなどの研究をなさっておられます。いや、モデル研究というよりは、むしろ、『坊っちゃん』にまつわる漱石研究と言った方が当たっていると思います」

「漱石研究？」

「はい。勝山先生の漱石研究とは、『坊っちゃん』にまつわる漱石の哲学的背景の研究、とでも言えばいいのか……。グローバルな視野に立って当時の日本の姿を述べると同時に、国家の、いや、人類の将来のあるべき姿などについて語っておられます」

「壮大ですね。早く、その本が読みたいです」

「さてさて、勝山先生は、その本の中で、この石川 絢さんのマドンナ説について解説しておられますが……」

「いや、まったく驚きです。上越市の校長先生？ 石川一族？ 絢様？ マドンナのモデル？ 松山の漱石ファン達は目を丸くすることでしょうね」

「まだまだ、ありますよ。絢さんのご主人の堀川三四郎さんは、実は、〈うらなり〉のモデルではないか、とか、その他、〈赤シャツ〉、〈清〉、〈野だいこ〉、〈狸〉などのモデルについても、ちゃんと根拠を明示して推理されているようなんです」

「はぁ？ 〈うらなり〉のモデル？」

「〈うらなり〉のモデルとは、勝山先生によれば、堀川三四郎さんの事なんだそうです。堀川さんが〈うらなり〉ならば、その奥様である絢さんは〈マドンナ〉に違いない、と類推なさっておられます」

「へぇー？」

「全くの新説です。いや、もう、楽しくて楽しくて……。まるで、いつぞや、話題になった

郵便はがき

料金受取人払

諏訪局承認

8

差出有効期間
平成30年8月
末日まで有効

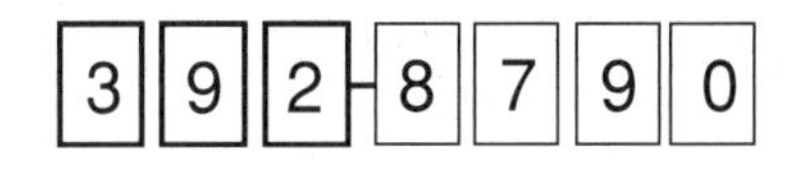

〔受取人〕

長野県諏訪市四賀229-1

鳥影社編集室

愛読者係　行

ご住所　〒□□□-□□□□
(フリガナ) お名前
お電話番号 (　　　　)　　　-
ご職業・勤務先・学校名
eメールアドレス
お買い上げになった書店名

鳥影社愛読者カード

このカードは出版の参考にさせていただきますので、皆様のご意見・ご感想をお聞かせください。

書名	

① 本書を何でお知りになりましたか？

i．書店で
ii．広告で（　　　　　　　　）
iii．書評で（　　　　　　　　）
iv．人にすすめられて
v．DMで
vi．その他（　　　　　　　　）

② 本書・著者へご意見・感想などお聞かせ下さい。

③ 最近読んで、よかったと思う本を教えてください。

④ 現在、どんな作家に興味をおもちですか？

⑤ 現在、ご購読されている新聞・雑誌名

⑥ 今後、どのような本をお読みになりたいですか？

◇購入申込書◇

書名　　　　¥　　　　（　　）部

書名　　　　¥　　　　（　　）部

書名　　　　¥　　　　（　　）部

『光より速い素粒子が現れた』ようなものです」

「光より速い？」

「ニュートリノという素粒子が、光より速く飛ぶとかいう実験のことです。結局は、間違いだったらしいのですが……」

「マドンナとニュートリノ……、どんな関係が？」

「アハハハ、全く、関係はありません。が、文学においても、物理学においても、突然、思いもよらぬ話が飛び出してくるということは、本当に愉快なことですね」

「なるほど、そんなものですかねぇ。光より速く飛ぶとかいう素粒子の話のように、『実は、間違いだった』ということではないんでしょうね？」

「それは分かりません。新しい〈漱石論〉というのか〈マドンナ説〉というのか、とにかく、新説が、突然、現れたということで、漱石文学、ひいては我が国の文壇の話題になるのではないでしょうか」

「日本の文壇の話題？　話が大きいですねー。本当かなぁ……」

「ビックリするような新説が現れたという事で、松山の美しいマドンナ候補さん達も、真っ青でしょう！」

「真っ青のマドンナ候補……？　これは愉快ですね」

「今まで『絶対の真理』と思っていたことが、突然、怪しくなる……」

「はぁ……！　ところで、堀川三四郎さんとやらが、〈うらなり〉のモデルであるという根拠は？」

「根拠は幾つかあります。ですが、私の調べた事柄ではないので、正確にお伝えできるかどうか……。それに、勝山先生の研究結果を、勝手にお話しするというのも先生に対して失礼ですし……」

「ですね。でも、触りだけでもいいですから教えてくださいよ」

「そうですね……、大雑把な話ですが、根拠の一つに、〈うらなり〉と堀川さんは、どちらもその性格がよく似ている、というのがあります。二人とも、親切で優しいのです。また、二人の人生も、そっくりなんです。例えば、〈うらなり〉は、行きたくもないのに松山から遠く離れた延岡に飛ばされていますが、堀川氏も、宮城県角田市の中学校の校内紛争が原因で、中学校を辞任し、角田市から青森県の津軽の僻地に移転しているのです」

「なるほど、面白そうですね。もっともっと、教えてください」

「教えてあげたいのはやまやまですが、私もそんなに詳しい事は知らないんです。堀川三四郎さんのことも、石川 絢さんのことも、もっと詳しくお伝えできるよう勉強しておきます」

「続きを楽しみにしています」

勝山一義先生の「小説『坊っちゃん』誕生秘話」及び、その続編については、後述の「第七

章　新潟県は坊っちゃんの故郷」にて詳しくお伝えしたい。

第六章　インターミッション〔Intermission〕〔贋作〕

◎脱線授業風景　〔ゼフィルスの巻〕

ここは、大阪平野の北部に位置する千里ニュータウンの青山小学校。

おれは、五年生の担任を仰せ付かったばかりの新米教師だ。着任してまだ一ヵ月。慣れない教室で右往左往の毎日である。今朝も教壇に立ってどぎまぎしながら、

「やぁー、みなさん、おはよう！」

と、声をかける。と、その時、一斉に生徒達の携帯電話が鳴り出すのだ。

――ははーん、こいつら、誰かの合図で、一斉に打ち始めよったな――

と、おれは、一人の生徒の携帯電話をのぞいて見る。すると、

「〈千里の湯〉の中では、泳ぐべからず！」

と、書いてある。そう言えば、昨日、〈千里の湯〉に行った。千里にも温泉が涌き出したんやなぁ！　楽しみが一つ増えたやんか……。などと、鼻唄を歌いながら、他にお客がいないのをええ事に、そっと平泳ぎをした記憶がある。かなんなぁ！　もう、こいつらにばれてしもた

んかぁ……。

さて、その翌日。

昨日は、携帯電話のメール騒動で、生徒達に一本取られてしまった。今日は、どんな手を使ってくることやら……？

今日の最初の授業は、国語の時間だ。今、丁度、夏目漱石の『坊っちゃん』を勉強しているところだ。

「おーい、みんな！　今日は、『坊っちゃん』の飛蝗（ばった）騒動から始めようか」

と、その時、ヒラヒラ……と一匹の蝶が飛んでくるではないか。

「あれ、あれ……モンシロチョウが一匹、何処から迷い込んだんや？」

と、言ったか言わないうちに、また一匹。

あれよ、あれよ、と言うまに二、三十匹の蝶々があちこちから舞い上がった。

――ははーん、こいつら、今日はこの手で来よったんか！　新手（あらて）やな！――

――飛蝗（ばった）騒動のまね事で「蝶々騒動」と洒落込みやがったな？――

「誰や！　教室の中に蝶々を飛ばして遊んでる奴は？　勉強、でけへんやろ！」

　と、おれは少々ご立腹！　すると、後ろの方の席から一人の女の子が、

「先生……、本当は、『坊っちゃん』の小説にある飛蝗（ばった）を飛ばしたかったんやけど、今頃、何処探しても飛蝗なんかいやへんかったわ」

　と、可愛い声で話して来る。

　おれは、飛んで来る蝶に目をやりながら、

「そう言えばそうやなぁ。飛蝗は、だいたい夏から秋にかけて出て来るもんなぁ！」

　と、少々ご立腹のトーンも落ちてくる。

　今度は、前列にいる男の子が、

「へぇー！　それやったら漱石の『坊っちゃん』の話、ちょっと可笑しいんとちゃう？　主人公の坊っちゃんは、新任の先生やから、学校へ来やはったんは四月のはずや。飛蝗騒動が起こったんは、坊っちゃんが学校に来やはったすぐ後のことやさかい、四月の終わり頃やと思う。なんでそんな頃に飛蝗がいたんやろ？」

　もう一人、別の男の子が、

「四国の松山ちゅうとこは、春でも飛蝗（ばった）がいるんとちゃうか……？」

　と言う。なるほど、生徒達が不思議に思うのも尤（もっと）もな話である。

「そやなぁ。みんなええ事言うやんか。先生も同じようなことを考えたよ。そやけど、みん

な、見落としている事が一つあるでぇ。それは、飛蝗が出てきた所は、坊っちゃんが寝ようとする『蚊帳（かや）』の中やった……と、言う事や。蚊帳は、普通、蚊が出て来る夏に吊（つる）すもんや。そやさかい、その頃の季節は、四月の頃とちごて、ほんとは夏やったという事になる」

「ああ、そうか……。なるほど、うっかりしていたわ！」

「さすが、せんせ……、難問解決や」

などと、生徒達は納得。

千里の坊っちゃん先生は、

「一件落着やな。それはそうと、この蝶々騒動の首謀者は誰やねん？　責任は誰がとるんや？」

と、言いながら、坊っちゃん先生は、窓を全部開けっぱなしにして、教室の中で飛び回っている蝶々を外へ逃がしてやっている。

するとさっきの女の子が、にこにこしながら可愛い声で、

「うち、責任とってもええけど……」

と、手を上げている。

「あんたかいな、蝶々飛ばしの首謀者は……！」

「はい、そうです。うちが言い出したらみんな賛成しやはった。それで、みんなで相談して決めたんです……」

「そうやったんか、よし！　正直に言うたところはえらい！　漱石の『坊っちゃん』に出てく

る学生たちは、坊っちゃん先生が寝ようとする『蚊帳(かや)』の中に飛蝗を入れておきながら、『誰も入れやせんがな』と嘘をついている。君たちは正直に言うたから、罰は無しや。校庭の草取りはせんでええよ」

「やぁー！　うれしいわ。せんせありがとう！」

「みんな正直やいうことが分かって、せんせも嬉しいよ。漱石は『坊っちゃん』の中で『いたずらをしておきながら罰はごめんだ、なんていうのは、金を借りておきながら返すのは嫌だ、と言っているのと同じことだ』と言ってはる。みんな分かるかな……？」

首謀者の女の子が、

「せんせ、よう分かるわ。うち、夏目漱石、大好きやわ……」

「良かった、良かった。ところでみんな……、話は変わるけど、手塚治虫って言う人、知っているかな？」

と聞くと、一人の男の子が、

「先生、手塚治虫のこと、知らん奴なんておれへんよ」

と答える。

「これは失礼しました。実は、その手塚治虫の作品に、手塚少年自身を主人公にして描いた『ゼフィルス』という作品がある。蝶に夢中になっていた彼の少年時代の物語だ。

ゼフィルスとは、ギリシア神話の『西風の神』、とか『西風の精』のことらしいが、蝶の仲間の『ミドリシジミ族』の総称としても使われている。

『ミドリシジミ族』は、小さな妖精のような蝶なのでゼフィルスという可愛い名が付けられたようだ」

と言いながら、黒板に「ゼフィルス」、「ミドリシジミ族」と書いた。

おれは、『ゼフィルス』の物語を思い出しながら、更に続けた。

「実は、先生も蝶が大好きなんや。超・好きなんや！」

生徒達は一斉に笑いながら拍手をしてくれる。一人の女の子が、

「先生！　お座布団一枚！」

と言うと、またまた拍手と笑い声が飛んでくる。生徒達のジョークに対する反応は気持ちがいい。

おれは先を急ぐ。

「そやさかい、手塚治虫の『ゼフィルス』の物語に出会った時は、大喜びやった。夢中で読んだんや。何回も読んださかい、しっかり覚えているんや」

生徒達はシーンとしておれの話を聞いてくれる。

「みんなが捕まえてきた蝶は、殆どがモンシロチョウやなぁ。ここにはゼフィルスはいやへんなぁ。ところで、ゼフィルスと呼ばれる蝶の中には、ウラジロミドリシジミという名の大変珍しい蝶がおるんや。手塚治虫は、『たとえ百万円かけても、このウラジロミドリシジミだけは

自分自身の力で捕まえたい』と、この本に書いている」

　生徒達は、

「へぇー、すごい蝶々がいるんやなぁ！」

　とか、

「ウラジロミドリシジミってどんな蝶々やろ？」

　と、聞いてくる。

「このウラジロミドリシジミは、普通、森の上の方に飛んでいて、高い梢なんかに止まっている。あまり地面近くにはおりてきやへんらしい。が、一度、地面近くに舞い降りて来ると、その後、何処へ飛んで行ったとしても、かならず、また、同じ地面近くのところに舞い戻って来るという習性があるらしい。それを捕まえるのが少年時代の手塚治虫の夢やったそうや」

　生徒達は、

「へぇー、手塚治虫は漫画を描くだけとちゃうかったんやなぁ……」

　と、いいながら、静かに話しの続きを待っている。

「手塚少年は、同じ場所でウラジロミドリシジミを一か月もかけて追いかけ回すが、ウラジロミドリシジミは、その場所からは逃げようとせえへんのや。逃げようとせえへんばかりか、手塚少年の網をかいくぐって平然と飛んでいる。手塚少年は、『あいつはほんとに偉いやつだ。捕まえたら勇者として立派な標本してやる』と、言う」

生徒達は、物音一つ立てないで、目を輝かせながら、おれの話を聞いている。

「この物語は、アメリカの〈B29〉という爆撃機からの空襲で、ウラジロミドリシジミのいる森が火の海になるところで終わっている。無残にこげた森を見ながら、ウラジロミドリシジミを哀れんで大声で泣く手塚少年の姿……、先生はなぁ、この『ゼフィルス』の物語を忘れる事がでけへんのや……」

と、その時、一人の女の子が、

「先生、うちらもそんな蝶々、見てみたいわぁ！　そやけどねぇ、先生！　国語の時間が理科の時間に変わってしまいましたね……？」

生徒達は、

「アハハハ……。僕ら、先生の脱線授業、大好きや！」

「そのうち、今度は、理科の時間が国語にかわんのとちゃうかぁ……」

「アハハハ……、そんならもともとや！」

「アハハハ……」

「アハハハ……」

おれも生徒達も一斉に笑っているとき、終了のベルが鳴った。

おれは、昨日も今日も、生徒達にやられてばかり……。それがまた、どういう訳なのか、楽しくてたまらない。可愛い生徒達だ。彼らが大きくなっても困らないように、今の内に、何でもしっかりと教えておいてやろう。

◎ゴルフ騒動記・その1〔歓迎ゴルフの巻〕

坊っちゃん先生は、青山小学校校舎の屋上に立ち、六甲山系の向こうに沈みゆく大きな夕日に見とれていた。

この屋上からは、大阪は北部の静かな郊外、千里ニュータウンを一望に収めることができる。その北側には美しい曲線を描く箕面(みのお)連山と北摂山系が横たわり、更に、そのまま目を東へ滑らせば、遙かかなたに生駒山系のシルエットが浮かんでいるのが見える。

――五年生は、一番やりがいのある学年かもしれないなぁ……――

ふと肩をたたかれ振り向くと、

「ご一緒してもいいですか」

と、教頭の赤シャツがやって来た。

赤シャツは、おれが初めてこの小学校に赴任してきた時に職員室で会ったばかりだが、その時、彼が着ていたカッターシャツがほんのり赤みがかっていたので「赤シャツ」とあだなを付けたばかりである。なんでも、当人の説明では赤いシャツは身体にいいのだそうだ。

おれが、

「ええ、どうぞ。ここは眺めがいいですね。この景色を眺めているとストレス解消になります」

と、両手を上げて深呼吸をする。赤シャツが、

「ところで、君、ゴルフに行きませんか？」

と、聞いてきた。

赤シャツは気味の悪いように優しい声を出す男である。まるで男だか女だかわかりゃしない。男なら男らしい声を出すものだ。教頭先生がこれじゃみっともない。

赤シャツも両手を軽く回しながら深呼吸をしている。おれは、

「そうですねぇ」

と、少し気のすすまない返事をしたら、

「君、ゴルフがお好きのようですが、スコアは幾つぐらいで……？」

と、訊ねてくる。

それ程うまくはないが、大学生の頃、ゴルフの打ちっ放し練習場でアルバイトをしたことがある。そこでは、暇さえあれば練習に励んだものだ。その辺のビギナーとはわけが違う。ドラ

イバー（ボールをできるだけ正確に遠くへ飛ばすクラブ）は、飛距離は自慢できないが、方向はだいたい正確だ。アイアンショット（距離、方向性ともに正確さが問われるクラブ）もまあまあだ。特に、ショートアイアンは得意だ。バンカーショット（砂場の中に落ち込んだボールを外側へ打ち出すこと）も嫌いではない。ただ、パター（奇麗に整備された芝生の上でボールを転がし、カップに入れること）は苦手だ。苦手なら練習すればいいものを、しないものだから、一向に上達しない。

「ここぞと言う大事な時に、スリーパットや、フォーパットをして後悔しています」[※1]

と、言ったら、赤シャツは顎を前の方へ突き出してホホホホと笑った。なにもそう気取って笑わなくってもよさそうなものだ。

「それじゃ、まだゴルフの味は分からんですな。お望みなら少々伝授致しましょう」[※2]

と、すこぶる得意そうである。

誰が赤シャツなんかのご伝授を受けたりするものか。これでもおれなりに、ゴルフ教室でプロの教えを受けたこともあるんだ。

「結構すじがいいじゃないか」

と、褒められたものだが、ゴルフは自然環境の破壊がどうのこうのと宣（のたま）うやからがいるし、おれも「なるほど！　それもそうだ、うん、その通りだ」などと思うものだから、なるべくプレーは控えめにしているんだ。確かに虫だって、鳥だってゴルフ場の芝生よりも森の中で暮らしている方が楽にきまってらぁ。

ただ、おれはゴルフが好きだ。たまには仲のいい友達と一緒に回りたいこともある。しかし、何も赤シャツと訳のわからん話をしながら、しかも環境破壊の片棒まで担ぐ必要はないんだ。こう思ったが、折角誘ってくれたんだし、どうしたものだろう、と黙っていた。

するとこのおれが赤シャツのご伝授を受けたがっているものと勘違いしたらしく、

「早速、伝授いたしましょう。実は、君の履歴書の趣味の欄に『ゴルフ』とあったものだから、取りあえず、今度の日曜日に君の歓迎ゴルフのつもりで近くの『愛宕原ゴルフ倶楽部』に一組予約を入れておきました。いかがでしょう?」

ときた。おれはあまり気がすすまなかったが、おれの歓迎のためと言われると断りにくい。

仕方がないのでたずねてみた。

「あとの二人(普通、ゴルフは四人一組でプレーする)は誰ですか」

「三年生担任の吉川君と事務局にいる川村君です。吉川君は、美術関係に造詣の深いご仁です。また、川村君は、今後とも君も何かと事務的な手続きのことで彼のお世話になることも多かろうと、顔繋ぎになればと思い、声をかけておきました」

なるほど、教頭ともなれば色々と気を使うもんだ。川村さんとやらとお近づきになれるのは、それはそれで嬉しい。しかし、あとの一人が気に食わない。

　この吉川君というのは例の「野だいこ」のことだ。ご丁寧に野だいこと最後まで言う必要はない。「野だ」で十分だ。あまり嬉しくないパートナーだが我慢しよう。この「野だ」はどういう了見だか、赤シャツのうちへ朝夕出入りして、どこへでも随行して行く。まるで主人と家来のような関係だ。赤シャツの行く所なら、「野だ」は必ず行くにきまっているんだから、いまさら驚きもしないが……。

　しかし、なんで無愛想なおれに口をかけたのだろう。別に歓迎などと仰々しくしてくれなくってもいいのに……。おおかた高慢ちきなゴルファーで、ナイスショットをおれに見せびらかすつもりなのだろう。おれは、バーディ（標準打数よりも一打少なく上がること）の一つや二つ見せられたってびくともするもんか。おれだってちょっとしたスポーツマンだ。暫くやってないからと言ってグロス（ハンディーを引かない実打数）百打を越えるようなへまなゴルフはしないんだ。

　ここでおれが行かないと、赤シャツの野郎、へただから行けないんだ、嫌いだから行かないんじゃないんだと、邪推するに相違ない。おれはそう考えたから、

「行きましょう」

と答えた。

【※1】〔スリーパットや、フォーパット〕グリーン上で、パターを使ってボールをカップに

入れるときの打数のことで、三打とか四打で入れるのはあまり上手とは言えない。しかし、プロでも調子の悪い時には三打、四打を打つことがある。

【※2】〔少々伝授致しましょう〕 原作『坊っちゃん』では、赤シャツに釣を誘われた坊っちゃんが釣の失敗談を話すと、赤シャツは顎を前の方へ突き出して「ホホホホ」と笑い、「それじゃ、まだ釣の味はわからんですな。お望みならちと伝授しましょう」と得意そうに話している。

◎ゴルフ騒動記・その2 〔美丈丸と幸壽丸の巻〕

千里の家から愛宕原ゴルフ倶楽部までは車で僅か三十分の距離だった。

今朝まで降り続いていた雨もすっかりやんで、流れ雲の間からは、時々青空が見え始めた。

ゴルフ日和とまでは言えないが、まずまずの天気であった。

ゴルフ場まで来るとさすが山麓だけに、季節の訪れも街よりは少し遅いように感じた。

千里ニュータウンの桜はすっかり散ってしまったが、ここでは、まだまだ美しく咲き誇っていた。やがて散り始めますよ、と言わんばかりに、澄んだ空気の中を一枚の花びらが舞っていった。

おれがゴルフ場に着いた時には、他の三人は、既にパターの練習を始めていた。赤シャツのスポーツウエアは白っぽいものだったが、その上に着ているベストはやはり赤色だった。格好も良く、「なかなかやるもんだ！」と思った。おまけに帽子までが赤色で、よほど、赤色にご執心のようだ。

おれが、

「少し時期が遅かったかな。もう少し早く来れば桜の花も満開だったろうに……！」

と言うと、野だが、

「今が一番いい時なんです。確かに桜は散りかけですが、ほら、ほら、あれをご覧ください。花水木が咲き始めているでしょう。丁度、両方の鑑賞ができるってぇ算段です」

と、嬉しそうに説明しはじめた。更に続けて、

「ここのゴルフ場は、季節ごとにいろんな花を咲かせるので、それがもう一つの楽しみなんです。スコアの悪かったゴルファーも、奇麗な花を見ているうちに、成績の事はすっかり忘れてしまいます。『ゴルフの成績はともかく、花見が楽しみで……』などと負け惜しみを言ったりして……」

と、得意気に解説を入れている。

おれは、

「それじゃ、おれも『今日は花見ゴルフだ！』と宣言しておこうかな」

と言うと、やっこさん、嬉しそうに、

「おやおや、自信が無さそうですね。出だしの東コース・一番ホールは、右があぶないですよ。大きめのスライス（打ったボールが途中から右の方へ大きく曲がって行く）をするとＯＢ（out of bounds ＝ボールが競技区域の外側へ出てしまう事）で、ボールの行き先は、満願寺の霊園です。南無阿弥陀仏、南無阿弥陀仏！」

と手を合わせている。おれは、

「ええっ、満願寺？　あの有名な満願寺が、このゴルフ場の隣にあったのですか……。こんな近い所にあったとは、知らんかったなぁ！」

と言うと、やっこさん、不思議な顔をして、

「有名？　満願寺は、一体、何が有名なんで？」

と、聞いてくる。

おれも、何が有名だったのかすぐには思い出せないのでちょっと困ったが、やっとのことで、

「満願寺とは……、つまりそのぉー、清和源氏ゆかりのお寺なんだ！」

「へぇー！　清和源氏ゆかりのお寺？」

「つまりそのぉー、清和源氏の基礎を固めた平安中期の武将、多田満仲ゆかりのお寺でもある……という事さ」

「はぁー？」

「このお寺には、多田満仲の末っ子の『美丈丸（びじょうまる）』(※1)と、美丈丸の身代わりに自分の命を差し出した『幸壽丸（こうじゅまる）』と、満仲の家来である『藤原仲光（ふじわらのなかみつ）』、つまり、美丈丸の犠牲になって死んだ幸壽丸のお父様のことだが……、この三人のお墓が並んで祀られているんだ。美丈丸と幸壽丸の聞くも涙の物語……ということだ」

と言うと、やっこさん、今度は目を白黒させて、

「これはまた、恐れ入りやした。で、そのぉー、幸壽丸とやらはどうして自分の命を差し出さねばならなかったんで……？」

と、興味深そうに聞いてくる。

こんな話はゴルフとは関係がないし、話せば長くなるので、この辺でストップにしたかったが、今更、引っ込みもつかないので、

「美丈丸というのは、実は、どうしようもないいたずら坊主で、父の多田満仲は、ほとほと手を焼いていたそうだ。ある日、わがまま放題の美丈丸を懲らしめようと、

『一族の名を汚すような子供は成敗いたす……』

と言ってしまったのだ。多田満仲の家来である藤原仲光は、

『まぁ、まぁ、そんなことをおっしゃらないで、今、しばらくお待ちください』

と言って、主君・満仲を押し止めたまでは良かったが、その後いろいろあって、結局は自分

三廟の案内の立て札

満願寺（兵庫県川西市）の境内に祀られている
【藤原仲光】、【美丈丸（多田満仲の末の子)】、【幸壽丸（藤原仲光の子】の３人のお墓

の息子の幸壽丸を、美丈丸の身代わりとして犠牲にしなければならない事になってしまった、という訳だ。まぁ、武門の習いとでも言えばいいのか、今の常識ではなかなか理解しにくい事だが……。その幸壽丸は、有名な辞世の歌を残しているんだ。それは、

君がため 命に代へる 後の世の
やみじを照らせ 山の端の月

というんだ」

「へぇー！　何が何だかよく分かりませんが、どうしてそんなに詳しい話をご存じで？」

と、またまた聞いてくる。おれは、折角ゴルフを楽しみに来たというのに、これじゃまるで民話の解説に来ているようなもんだ。そこで、とうとう言ってやった。

「おれはこれでも元は旗本だ。旗本の元は清和源氏で、多田の満仲の後裔（こうえい）だ！」

「へぇー！　お見それいたしやした……」

「多田の満仲の後裔であるおれ様が、美丈丸と幸壽丸の有名な民話を知らない訳がないだろうっ……！」

「ははぁー、これはまた、とんだご無礼を！」

【※1】〔美丈丸〕　美丈丸とは、謡曲「仲光」の美女丸伝説に出てくる「美女丸」のことで、名前に二通りの書き方があったと思われる。

◎ゴルフ騒動記・その3〔神田日勝とマドンナ・リリーの巻〕

昼からは中コースだ。

中二番でティーショットを打ったおれは、あまりにも雄大な眺望に魅せられて、「ここは、眺望がいいから、カート（プレーヤーとゴルフバッグを乗せて動く車）に乗らずに歩いて行こう」

と言った。

赤シャツが、

「なるほど、なるほど、僕もそうしよう。ここはいつ来てもいい景色だ。ホホホホ……」

と言う。

野だも、

「絶景でげす」

と言って赤シャツのあとをついて来る。絶景だかなんだか知らないが、広々とした山の上で、春のそよ風に吹かれるのは薬だと思った。

川村さんも歩き始めた。キャディさんが、

「この辺はここのゴルフ場で一番眺望のいい所です」

と言う。その時……、

赤シャツは、突然、野だに向かって、遠くに見えるグリーンの方向を指差しながら、

「グリーンの手前にバンカーが三つ見えるだろう。その真ん中のバンカー、そうそう、ここから数えて二つ目のバンカーのことだが、よーく見てごらん。見えるかな？　あれはどう見ても神田日勝（かんだにっしょう）(※1)が描いた未完成の絶筆『馬』にそっくりだ。よく似ているね。あのバンカーの右側の曲線は、まるで馬の頭から首筋へかけての曲線そのものだ」

と言う。

おれは、神田日勝とは誰のことだか知らなかったが、聞かなくても困る事ではないので黙っていた。すると……、赤シャツは、歩きながらおれにも話しかけてきた。

「神田日勝を知っていますか？」

「いや、知りませんが……」

と答えると、

「神田日勝を知りませんか。彼は、生まれは東京だが北海道育ちの画家です。彼は、ペインティングナイフでベニヤ板に直接油絵を描くのです。『超リアリズムの画風』を確立した、などと言われ、『馬』という作品は、頭部から順番に胴体まで描きかけて、未完成のまま絶筆となった油絵のことです」

と言う。

すかさず、野だが、

「まったく神田日勝ですね。なるほど、あの曲がりぐあいったらありませんね。神田日勝の絵にそっくりです！」

と、心得顔である。

おれは、神田日勝など初めて聞いた名前で、あまり関心もなかったので黙っていた。

神田日勝の未完成の絶筆　「馬（絶筆・未完）」
提供：神田日勝記念美術館

下り坂のコースを歩きながらキャディさんに、

「あの山は何処の山ですか」

と聞いたら
「あれは、五月山連山です。その向こうには大阪平野が広がっているんですよ」

と教えてくれた。川村さんも、

「あそこにはいい展望台があって、眺望もいいですよ。そこへ行くには五月山ドライブウェイが便利です。いつかご案内したいですね」

と、いろいろ教えてくれた。

一行が、馬の形に似ているバンカーのそばまで来た時、野だが、

愛宕原ゴルフ倶楽部の中コース２番ホール全景
手前から二つ目のバンカーが、神田日勝の「馬（絶筆・未完）」を連想させている

「どうです教頭、これからはこのバンカーを〈神田日勝バンカー〉と名づけようじゃありませんか。ついでにこの中二番ホールを〈神田日勝ホール〉というのはどうでしょう?」

と余計な発議をした。赤シャツは、

「それは面白い。これからは、このホールのことをそう呼ぼう」

と賛成した。この「我々」の中におれも入っているなら迷惑な話だ。

神田日勝ホールか、カーネギーホールか、ウィーン楽友協会大ホールか、はたまたブラックホールかマンホールか知らないが、おれには「中二番ホール」でたくさんだ。

野だが少し低い声で、

「どうです教頭、この神田日勝バンカーの左側の山裾に、マドンナ・リリーを植えてみては……?これは別名『聖母マリアの花』とも呼ばれているそうです。品のいい花ですよ。馬と百合、絶妙の組み合わせじゃありませんか……」

と言う。すると赤シャツは、

「マドンナの話はよそうじゃないか、ホホホホ……」

と、気味の悪い笑い方をした。野だが、

「なぁーに、誰もいないから大丈夫です」

と、ちょっとおれの方を見たが、わざと顔をそむけてにやにやと笑った。おれは何だか嫌な心持ちがした。

「マドンナ・リリー」だろうが「小旦那じじー」だろうが、おれの関係したことじゃないから、植えたけりゃ勝手に植えればいい。第三者に判らないことを言っておいて、どうせ判らないんだから聞こえたって構わない、などという振りをするなんて、野だは下品な野郎だ。これでも当人は、「私は江戸っ子でげす」などと言っている。江戸っ子も品が落ちたもんだ。浪速っこのおれの方がよっぽど品がいいや。

　マドンナというのは、なんでも、赤シャツの馴染みのチィママのあだ名かなんかに違いないと思った。馴染みの「マドンナ」に所縁（ゆかり）の百合を、バンカー横の山裾に植えて、馬の形のバンカーと一緒に眺めておれば世話はない。

　それを野だが油絵にでもかいて展覧会へ出したらよかろう。バンカー、バンカーと、頭がちょっと「ばんかー」になっているんじゃないのかな。

【※1】〔神田日勝〕『超リアリズムの画風』を確立したと言われている北海道育ちの画家。ベニヤ板に描かれた『馬（絶筆・未完）』は、北海道河東郡鹿追町の「神田日勝記念美術館」に所蔵されている。

原作『坊っちゃん』では、赤シャツが「あの松を見たまえ、幹がまっすぐで、上が傘のように開いてターナーの画にありそうだね」と言えば、すかさず野だが「まったくターナーですね。どうもあの曲がりぐあいったらありませんね。ターナーそっくりですよ」と応え、続けて「これからあの島をターナー島と名づけようじゃありませんか」と発議をしている。

◎ゴルフ騒動記・その4〔ジョルジュ・サンドの巻〕

中コース・五番ホールへ来た。ここはショートホール（標準打数が三打の短いホール）である。赤シャツがキャディさんに聞いている。

「何ヤードあるのかね」

「百二十四ヤードです。ここのグリーンは中ほどから奥へ行くにつれて緩い下り坂になっています。カップはその途中にあるようで、ちょっとやっかいですよ」

　野だが横から、

「どうもパーはむずかしそうだなぁー」

と言うと、キャディさんが、

「パーのお人は、パーがお上手だとか……」

と答える。

　全員が手をたたいて大笑い。なんとも和やかな雰囲気だ。

　赤シャツがキャディさんに、

「いい攻略方法があれば教えてほしいな……」

「さぁ、どうでしょう。アイアンがお上手ですから逆回転（芝生の上に落ちたボールに逆の回転がかかっているので、ボールは急に止まったりバックしたりする）をかければ大丈夫でしょう。ワンオン（一打でグリーンに乗ること。上手！）、フォーパット（グリーン上で、四打でカップに入れること。あまり上手とは言えない！）なーんちゃって……」

「ホホホホ、楽しいキャディさんだ」

　赤シャツはどうやらパープレイ（この場合は三打で上がること）を狙っているようだ。

　豪胆なものだ。野だが横から、

「なぁに、教頭のお手際じゃ軽くワンオンで、運が良けりゃバーディーですよ。ちょっと向かい風に気をつければ……」

と、お世辞を言いながら手袋をはめ直している。

赤シャツは向かい風を測り損なったのか、グリーン手前のバンカーにつかまった。

野だが、

「教頭、残念なことをしましたね。今のショットは向かい風のせいでしょう。どうも教頭のお手際でさえワンオンが難しいんじゃ、僕など油断ができないなぁ」

と、しきりにぶつぶつ講釈を並べている。

野だは、赤シャツの失敗を学習したのか、少し強い目に打ったようだ。が、強く打ち過ぎたのか、たまたま、向かい風が弱まっていたのか、ボールはグリーンを超えて奥のバンカーまで飛んでいった。そのバンカーは、明け方まで降っていた雨のせいで、水溜まりこそなかったが、随分、湿っていた。

野だは、

「うまく脱出できるかなぁ。困った、困った！」

と、不安そうだ。バンカーの真ん中にある大きな樟（くすのき）の枝から、野だの頭に雨上がりの残り滴がポタリと落ちた。それを片手で払いのけながら、二打目を叩いたのはいいが、大きくグリーンを飛び超えて、またまた、反対側のバンカーにつかまってしまった。やはり、湿り気のあるバンカーは難しい。

赤シャツと川村さんとおれの三人は、既にグリーンに乗せていたので、ここは、ゆっくりと野だのバンカーショット見物だ。

野だは、自分だけがもたもたしているので、余分にあせってしまったのか、三打目のショットは小さ過ぎて、バンカーから脱出できなかった。

失敗だ。これもよくある事だ。大き過ぎたショットのあとは小さ過ぎるのだ。

四打目のバンカーショットでやっとグリーンオン。

野だは、

「バンカーだけで『三度』も叩くなんて……、しまった、しまった！」

と悔しそう。おれは、

「サンド・ウエッジだからと言って、『三度』叩かなくってもいいのに……」

と言ってやった。川村さんは、

「アハハハ……！　座布団三枚！」

と言ってにこにこ笑っている。ジョークの反応が早い。

赤シャツが、

「サンド、サンドがどうしたんだ？　ジョルジュ・サンド[※1]じゃあるまいし……」

と、またまた例の片仮名のご披露が始まった。まったく、一人で悦に入っている。

ジョルジュ・サンドはフランスの女流作家で、「グリッサンド」は楽器の奏法で、「ハムサンド」はおれの好物で、「仏の顔も三度」は、いかに慈悲深いおれでもいつかは怒り出すということだ。いったいこの赤シャツは悪い癖だ。あたりかまわず片仮名の外人の名前を並べたがる。

ジョルジュ・サンドは、〈ショパンの恋人〉で、たまたま、おれでも知っていたが、そうでなければ、ジョルジュ・サンドか、オープンサンドか見当がつくものか。少しは遠慮するがいい。片仮名の外人を並べたいんだったら、もっとセンスのある話をすればいいんだ……。せめて、

「木の葉から落ちる雨上がりの滴の音は、ジョルジュ・サンドに聴かせるショパンの『雨だれの曲』！」

などという話を聞かせて欲しいものだ。

更に、サンドの話がしたけりゃ、

「ショパンが奏でる『雨だれの曲』に聴き惚れながら、ピアノのそばで頬杖をつくジョルジュ・サンド！　ここは、地中海の楽園、マジョルカ島！」

と、続けて欲しい！

そして、締めくくりは、ショパンがパリの友人に宛てた手紙のご披露だ。

「マジョルカ島の空はトルコ石の色……、海は瑠璃色、山はエメラルド、そして空気は天国の色」

……と。

ここまで来れば、拍手喝采だ……。同じ言うならこの程度のエピソードをご披露するもんだ……。

【※1】〔ジョルジュ・サンド〕 フランスの女流作家。マジョルカ島におけるフレデリック・ショパンとの恋物語は有名である。

原作『坊っちゃん』では、野だが「坊っちゃんの釣った魚はつまらない〔ゴルキ〕という名の魚だ」と騒いでいる。赤シャツは「〔ゴルキ〕とはなんと、ロシアの文学者のような名前だね」と口をはさんでくる。〔ゴルキ〕は通常、〔ゴーリキー〕という呼び名の方が馴染みがある。作品としては戯曲『どん底』が有名。

◎ゴルフ騒動記・その5 〔偉大なる画家・神田日勝の巻〕

何はともあれ、楽しいゴルフの一日は終わった。

ゴルフ場を出る時、川村さんがフロントでタクシーを頼もうとしていたので、おれは「よろしかったら、私の車で一緒に帰りませんか」と、声をかけた。

おれは、川村さんを乗せて、二人でゴルフ談議を楽しみながら帰路についた。

川村さんが、急に思い出したように、神田日勝の説明をしてくれた。

「中二番ホールで神田日勝の話があったでしょう。実は、去年の夏休みに、北海道旅行に行ったんですが、そのとき、その神田日勝記念美術館を訪ねたんですよ」

「そうでしたか。北海道のどの辺ですか」

「鹿追町という町です。帯広市から然別湖（しかりべつこ）へ行く途中にありました。ＪＲの新得（しんとく）駅から訪ねた方が近かったような気もしますが……」

「と、おっしゃっても、私は、北海道の地理はチンプンカンプンで、何処に何があるのか全くイメージが湧いてきません。ところで、然別湖って、言葉のイメージが奇麗ですね。どんな湖ですか？」

「美しい湖です。湖畔には温泉が湧いていますよ。それに、すぐ近くにある唇山（くちびるやま）が有名かな……。正面の山と湖面に映るその山影が、丁度、一枚の絵のように見えて、それが、まるで、美人の唇に見えるのです」

「くちびる山……、可愛らしい名前ですね」

「くちびる山は愛称で、正式名は天望山（てんぼうざん）と言います」

「……」

「それから、近くには、水鳥の繁殖地で有名な東雲湖（しののめこ）という湖があり、これは道内三大秘湖の一つと言われています」

「はぁー？　北海道の三大秘湖？　あとの二つは何て言うんでしょう？」

「オンネトー湖とオコタンペ湖だったと思いますが……」

「そうですか……、よくご存じですね」

陽の光に薄く染められた「然別湖」と「くちびる山」

月の光と「くちびる山」のシルエット

鏡のような湖面に映える「くちびる山」
3枚とも鹿追町観光協会 提供

「いいえ、旅行中に土地の人から名前を教わっただけで、オンネトー湖とオコタンペ湖は、実際には見ていないのです。が、然別湖と東雲湖はしっかり見てきました」

「で、その然別湖の湖面に映る美人の唇とやらのあたりには、キスが泳いでいたりして……」

「はぁー？　キス？　そこには海の魚はいませんよ！」

「アハハハ……。遠い海からはるばる美人の唇を訪ねてやってきた……！」

「アハハハ……、なぁるほど……。ついでにコイも寄り添ってきて囁きあったりして……」

「アハハハ……。キスのあとは、コイの囁きですか……。アハハハ……」

「そうそう、話がそれましたが、神田日勝の油絵は日本画壇の宝だそうですよ。私が覚えているのは未完成のままで絶筆となった『馬』、『室内風景』、『飯場の風景』、『湿原』などです。有名な『室内風景』は、そこにはなくて、どこか他の美術館で見たような気もしますが……」

「はぁー？　何もかも知らない事ばかりで……」

「また、神田日勝記念美術館は東大雪の山並みをイメージして建築されたとかで、ちょっと離れた所から建物全体、特に屋根のあたりを眺めると、本当に東大雪の山並みを見ているようで素晴らしいものでした」

「建物全体が……ですか？　一度は訪ねてみたいですね」

「そうですね。私もまた、もう一度、訪ねたいと思っています」

　私達の話は尽きる事が無かった。

東大雪の山並み
上士幌(かわしほろ)郊外にて撮影

神田日勝記念美術館
東大雪の山並みをイメージして建てられた

第七章　新潟県は坊っちゃんの故郷

◎『坊っちゃん』の世界にはモデルがいっぱい！

小説『坊っちゃん』の人気が、いつまでも衰（おとろ）えないのは何故？

それは、作者が漱石だからである。

なんだか禅問答のようだが、この答えに異議を唱える人はいないだろう。


多くの漱石研究家の話によれば、小説『坊っちゃん』に登場する人物は、殆ど、実在の人物をモデルにしていると言う。それも、漱石のすぐ側にいる人達がモデルにされていたようだ。

物語の登場人物が、良かれ悪しかれ、実在する人をモデルにして書かれているものだから、『坊っちゃん』は、架空の小説ながら、まるで実話のような人間味溢れる物語になっている。

ただ、主人公の坊っちゃんは、少々、現実離れしているようなところがある。

正直で、正義感に強く、潔くて、優しい。が、決して思慮深いとは言えない。早とちりはするし、おっちょこちょいである。そして何だか不思議な魅力を持っている。

こんな坊っちゃんのモデル役を務めたのは誰だろう。

坊っちゃんのモデルは、多分、一人ではなく、複数のモデルがいたのではないか。というのは、坊っちゃんの振る舞いが複雑多岐で、とても一人のモデルでは演じきれなかった……と思うからである。

漱石は、坊っちゃんというキャラクターを創り上げていくうちに、一人のモデルでは足りなくなった。それで、複数モデルの特徴をごちゃ混ぜに足したり引いたりして〈坊っちゃん〉というキャラクターを創り上げた……。


漱石は、『坊っちゃん』をフィクションと言うが、物語の時代背景や場所、或いは、一つ一つの出来事を考えると、とてもフィクションとは思えない。

それに、『坊っちゃん』の話の中の出来事は、実際に、私達の身の回りでも起こっている見慣れた風景だ。もともと、人間のすることなど、時代や土地柄が変わってもみんな同じ、という事だろうか。

そっと辺りを見回していただきたい。坊っちゃんとよく似た人が何処かにきっといるはずだ。ちょっと気が短くて、早とちりで、でも人気があって、正直者で、人には親切……。

では、赤シャツに似た人はどうだろう？　賢くて、要領がよくて、お世辞が上手で、独り善がりで……、そしていつも「イエス、イエス……」と言いながらくっついて離れない取り巻きがいて、何故か出世も早い。

私達の周りには、坊っちゃんや赤シャツの他に、マドンナ、山嵐、うらなり先生、たぬき校長、清(きよ)などなど、それぞれの役柄にぴったりの人がちゃんと存在しているのだ。つまり、漱石は、いつも見慣れた人間模様を『坊っちゃん』の世界に凝縮したのである。

マドンナの話が出たので、ちょっと一言。

『坊っちゃん』の読者は、マドンナのことを「美人ではあるが節操の無い女性」とお考えのようだ。だって、婚約者のうらなり先生を放っておいて、赤シャツとデートなどするものだから、誰でもそう思ってしまう。

しかし、マドンナが、うらなり先生を振って赤シャツに懸想(けそう)（＝恋い慕うこと）した、というはっきりした描写は何処にも見当たらない。確かに、マドンナは、月の光に照らされながら、野芹川(のぜりがわ)の土手を赤シャツと二人でデートはしているが、

「親しそうに赤シャツに寄り添って……」

などという描写はない。

このデートにしても、赤シャツからの誘いを断り切れなくて、やむを得ず、会いに行ったのかもしれないのだ。

山嵐は、マドンナのことを、

「かの不貞無節なるお転婆」

と、言ったが、私はそうは思わない。もし、漱石が『坊っちゃん』の続編を書いたとすれば、マドンナは、赤シャツの手を振り払って、婚約者であるうらなり先生のあとを追いかけ、延岡までついて行ったはずだ。マドンナは、男性なら誰でも恋人にしたくなるような可愛くて、柔順で、優しい女性なのだ。

ところで、漱石は、松山の尋常中学校にいた頃、同僚の先生に、

「ありゃー、小説だよ。誰の事を書いたのでもないよ」

と、言っておられたそうだ。でも、これは漱石の本音ではない。

物語に出てくる「辞令渡し」、「ゴルキ釣りとターナー島」、「バッタ騒動」、「温泉通い」、「温泉の浴槽での水泳」、「尋常中学と師範学校の喧嘩（けんか）騒動とその中傷記事」などは、すべて実際にあった話である。漱石は、これに色々と尾鰭（おひれ）を付けて物語を面白く書いたのであった。

◎坊っちゃんのモデル論争と理想人間説

半藤一利氏は、『漱石先生ぞな、もし』に、

「坊っちゃんのモデルは、同志社英学校（同志社大学の前身）出身の数学の先生で、明治

二十八年春、漱石と同じ時期に赴任してきた〈弘中又一先生〉である、というのが定説となっている」

と、紹介なさっている。しかし、更に続けて、

「弘中又一先生の行いや性格、或いは弘中先生が妻子持ちであった事、或いは出身が長州で江戸っ子ではない事などを考えると、本当に坊っちゃんのモデルと断定してもいいのかな、と疑問を抱く。江戸っ子坊っちゃんのモデルは、やはり〈漱石自身〉だったのかも知れない」

と、結んでおられる。

どうやら、半藤氏にとっても、坊っちゃんのモデルを特定する事は難しかったようだ。もしかして、この〈弘中又一先生〉と〈漱石自身〉の二人のモデル以外に、思いがけない第三のモデルもいたかもしれない。或いは、弘中又一先生や漱石自身や、未知の誰かを混ぜ合わせた〈合成モデル〉だったのかもしれない。

一方、文芸評論家・江藤 淳氏は、坊っちゃんのことを、

「〝坊っちゃん〟とは、あたかも人語を語る猫と同様に、現実には存在し得ない原理によって生きている人物にほかならず、その原理とは〈善〉と〈美〉の原理以外のなにものでもない……」

と、評しておられる。

言い換えれば、坊っちゃんのような〈善〉と〈美〉の原理で生きている人は、実際にはこの世には存在せず、漱石が自分の倫理観、或いは自分の人生観に基づいて創造した架空の理想人間だ、と言っておられるのだ。

半藤一利氏の実在モデル説も、この江藤 淳氏の架空の理想人間説も、どちらも説得力があって、もし、「どちらが真実か」と問われれば、「どちらも真実！」と応えたくなる。

漱石にしか分からないことを第三者の我々が「知りたい！」というのはもともと無理な話なのだ。

私にできることと言えば、いろんな説を探し出して紹介し、問題提起をすることとくらいだ。とは言っても、少しでも真実に近づきたいという願いだけは抱いている。

さて、最近、漱石や『坊っちゃん』のファンならば、誰でも宝物にしたくなるような素敵な本を入手した。

近藤英雄氏の著作になる『坊っちゃん秘話』（青葉図書・松山市小栗六丁目）だ。この中に、先述の弘中又一先生の回想録が紹介されている。

「小説『坊っちゃん』の一部一部には根拠がある。事実がある。モデルがある。幾度読んでもおかしくてたまらないが、それでは何の役は誰かと問われたら少し困る。数人一役、一人数役、分解総合、取捨構成してあるからである。一体、夏目はまめな男で、そこいら手当り次第遠慮会釈もなくモデルに失敬している。よく調べてみると、当時に二十三名の教職員中、十五名は何らかの御用を勤めさせられていた。主人公の坊っちゃんにしても漱石自身のこともあり、僕のこと（弘中先生のこと）もある。夏目と僕とは毎日の出来事やら失策を互いに話し合って笑い興ずることが多かったので、自然二つが一緒になって一人の坊っちゃんが作り上げられているように思う」

とある。

また弘中先生の関連する思い出話として、

「坊っちゃんの天麩羅蕎麦（てんぷらそば）四杯は有名な話だが、これは、弘中先生が港町一丁目の角のうどん屋（亀屋のこと）で、〈しっぽく〉を四杯食べたことから生じた話である」

と紹介なさっている。

半藤氏が推理なさった坊っちゃんモデルの仮説が、この弘中先生自身の回想録にある「漱石のモデル乱用エピソード」と、ピッタリ同じであることに、私は敬嘆（きょうたん）したのであった。

◎「坊っちゃん」には、促音便の〈っ〉が付いている

『坊っちゃん』の主な登場人物のあだ名と名前を調べてみよう。

「山嵐」は数学主任の先生で堀田先生、「うらなり」は英語の先生で古賀先生だ。「野だいこ」略して「野だ」は絵画の先生で吉川先生。校長の「狸」と教頭の「赤シャツ」はどうしたことか、どちらも姓名は不明である。「マドンナ」は、ここらで一番の別嬪さんの遠山さんだ。

「清（きよ）」はどうだろう。実は、この人にはあだ名は無い。他の登場人物とは別格扱いなのだ。小さい時から尊敬してきた清に、坊っちゃんがあだ名を付けるはずがない。

さて、では、この小説の中で一番大切な「主人公・坊っちゃん」の姓名は、何と言うのだろう。

「これでも元は旗本だ。旗本の元は清和源氏で、〈多田〉の満仲の後裔だ」

と、言っているところからみると、姓は「多田」かもしれない。〈名〉の方は何処にも書かれていないので分からない。坊っちゃんは、〈悪太郎〉とか〈天麩羅先生〉とか〈赤手拭い〉などと、様々なあだ名で呼ばれているが、何のなにがし、という姓名の記載は何処にもない。

結局、漱石は、初めから、「主人公・坊っちゃん」は〈坊っちゃん〉で、姓名などどうでもよかったのだ。ただ、漱石の〈坊っちゃん〉には、促音便の〈っ〉が付いている。たったこれだけの事なのに〈坊っちゃん〉はまるで固有名詞のようだ。主人公の姓名そのものと言ってもいいのではないだろうか。


ところで話は替わるが、普通、「ぼっちゃん」を〈坊〉という漢字を使って書く時は、〈坊ちゃん〉、または〈坊っちゃん〉だ。

広辞苑で『ぼっちゃん』と引くと、促音便の〈っ〉が付いた〈坊っちゃん〉と出てくる。辞書によっては〈っ〉の付いていないものもある。どちらが正解かと問われると戸惑ってしまう。〈坊ちゃん〉と〈坊っちゃん〉は、書く人の好みによるものだとすれば、その功罪をとやかく言うのは無意味のようにも思う。言葉の使い方としては、どちらも正しいのだ。ただ、「漱石の坊っちゃん」には不思議なニュアンスがあって、促音便の〈っ〉のない「漱石の坊ちゃん」では困るのだ。「漱石の坊っちゃん」だけは別格に扱ってほしいと願う。

◎〈吾輩〉という名前

そう言えば、『吾輩は猫である』の〈吾輩〉も、最初の「名前はまだ無い」から、最後の「南無阿弥陀仏、南無阿弥陀仏、ありがたいありがたい」で終わるまで、名前は付けて貰えなかった。

猫の〈吾輩〉は、何のなにがしという名前こそ無かったが、実は〈吾輩〉という名前を付けて貰っていた、と考えれば納得がいく。これも名づけて貰えなかった〈坊っちゃん〉のケースとよく似ている。

さて、

漱石の門下生・内田百閒（ひゃっけん）は、『贋作・吾輩は猫である』の〈吾輩〉に〈アビシニア〉という名前を付けた。猫の〈吾輩〉は、『贋作・吾輩は猫である』になって初めて正式の名前を貰ったのである。

同じ様に、誰かが『贋作・坊っちゃん』を書いたとすれば、坊っちゃんにも新しい名前が付けられる可能性はある。しかし、坊っちゃんは、坊っちゃんのままにしておいて欲しい。

坊っちゃんは、新橋駅を下りて下宿へも行かず、革鞄（かばん）をさげたまま、

「清や、帰ったよ」

と、清のいるおうちへ飛び込むようにして帰って来た。

清は、

「あら、坊っちゃん！　よくまあ、早く帰って来てくださった」

と、涙をぽたぽた落とすのだ。

二人のこの会話を聞いているだけで、坊っちゃんの呼び名は「坊っちゃん」以外には考えられないのだ。

ちょっとここで、〈清〉の話が出てきたので余談を一つ！

最近、丸谷才一氏の『星のあひびき』と題する本を読んだが、その中に、〈清〉の話が載っていた。

丸谷氏は、

「長い間、『坊っちゃん』に接してきたが、どうして今まで、清という下女が坊っちゃんの実の母であるという事に気付かなかったのであろうか」

と述べておられる。更に続けて、

「われわれは、一〇〇年間、少しもその事に思い当たらなかったのは何故なのか。清が坊っちゃんを生んだ母であると、何故、認知しなかったのか」

と……。

なるほど、これまで誰も思いつかなかった話だ。深く考えさせられる……。

◎モデル論争の楽しさと虚しさ

漱石の小説になる登場人物については、何故かモデル論争が多い。それがまた小説の面白さと深みを感じさせてくれる。私は、この〈坊っちゃん〉のモデル考に引き続き、〈マドンナ〉と〈赤シャツ〉についても、モデル探しをこころみた。核心部分に近づくに従って、ドキドキするようなスリルを味わうことができた。

ところで、このようなモデル論争を楽しんでいても、それがどうだと言うのだろう？

私が一人で、楽しい、楽しいと言ってみても、聞いてくださる人は、

「それがどうしたの？」

と、おっしゃれば、返答に窮するのである。モデルのあるなしによって、文学作品としての価値は変わるのか、と問われたら、これもまた返答できないのだ。

近藤英雄氏[※1]は、その著『坊っちゃん秘話』に、

「松山中学校の同窓会誌『明教』に、目からうろこが落ちるような悟りをもたらしてくれた一文があった」

として、次のような意味の文章を紹介しておられる。

「(坊っちゃんが) 高浜を船で去るくだりでは、『これでせいせいした』と、後足で砂を蹴るようなせりふを残していく。読んでいるうちに腹が立ってきて、(松山や松山中学校について) こんな悪口雑言ばかり並べたてた本を、よくも、金を出して買う奴がいるものだ、全く許し難いと、心底から思った。ところが、後年、いささか年をとったある日、突然この心のしこりが解かれた。漱石が愚弄したのは、松山でもなく、松山中学でもなく、それらは、たまたまその名称を借用しただけのことで、実は、イギリス帰りの彼の目に映った日本人全体が対象であったに相違ないと考える。坊っちゃん自身も漱石をモデルに考えたのではなく、軽率な江戸っ子と称する東京人を風刺したのであろう……」

更に続けて、

「考えてみれば、小説の登場人物は、本質的には作者の頭の中で創られた架空のものであって、書かれたことが、いちいちモデルにあてはまるわけではない。とすれば、モデルとみられる人物について、とやかくいうのは、小説とは何であるかを知らないものとして笑いの種になるかも知れない」

と、結んでおられる。

この近藤英雄氏の解説を読んでいると、小説のモデル論争に一喜一憂の私など、笑いの種にされているのかもしれない。

しかし、これまでに誰も気づかなかった思いがけない新しいモデルを見つけたり、文章の奥に隠されていた未知なる推論、例えば、「清は坊っちゃんの実の母親だった」というような丸谷氏の解説に接した時には、漱石ファンの一人として喜びと驚きを感じるのである。

【※1】〔近藤英雄氏〕　近藤氏は、大正七年に松山中学校を卒業なさっている。

◎〈坊っちゃん〉のモデルは新潟県の人だった

或る日、拙著「『坊っちゃん』の秘密」（二〇〇七年四月、新風舎にて初版第一刷発行）を読んだという新潟市在住の方から、突然、次のような趣旨のお手紙を頂いた。

〝私は佐藤 勲という者です。

漱石が好きで、よく、漱石研究の仲間と一緒に勉強会を開き、楽しく論じ合っている者です。この度、あなたの『坊っちゃん』の秘密」を読ませていただき、私の知らなかった漱石の一面に接する事ができて大変嬉しく思っています。

ところで、私の知っている漱石研究の仲間に、勝山一義という或る高校の校長をしておられた方がおられますが、その勝山先生を是非、あなたにご紹介致したく、筆を執った次第です。

勝山先生の研究とは、小説『坊っちゃん』に関する多岐にわたる研究ですが、中でも、主人公・坊っちゃんのモデルに関する解説は、世間ではまだ、誰も聞いた事のないような新説です。

しっかりとした根拠に基づいてお調べになっておられますので、彼の『坊っちゃん論』は、ここ新潟周辺でも、少しずつ、知られるようになってきました。朝日新聞や、新潟日報でも採り上げてくださいました。

今後とも、お互いに漱石ファンとして、こうした情報交換などさせて頂ければ幸せに存じます。〟


突然、知らない人から頂いた嬉しいお手紙だった。

勝山一義先生とは、以前、関根学園高等学校（新潟県上越市）の校長を務めておられ方であるとか……。

さて、その勝山先生の『坊っちゃん論』とは、どのようなものなのか。

それは、勝山先生が務めておられた関根学園高等学校[※1]の初代校長である『関根萬司（せきねまんじ）』という先生こそが、坊っちゃんのモデルであり、漱石に『坊っちゃん』を書かせる動機を与えた人である、という新説であった。

いやはや、今までに聞いたこともないような「新説」なので、暫くは呆気にとられてしまった。佐藤氏から頂いた手紙には、更に、「ご参考までに」として、新潟日報が同封されていた。そこには、

『主人公・坊っちゃんのモデルは新潟県人』

関根萬司先生之像
2011年（平成23年）7月、関根学園高等学校構内にて除幕式が執り行われた

という見出しの記事があり、講演会で説明する勝山一義先生の写真が添えられていた。

その記事には、

「坊っちゃんのモデルは、東京物理学校を卒業して、宮城県第四尋常中等学校に勤務した事のある関根萬司という数学の教師で、この人を漱石に紹介した人は新潟市出身の堀川三四郎という人であった」

と、書かれている。

そう言えば、〈坊っちゃん〉も、物理学校を卒業して直ぐに、四国辺りの或る中学校で数学の教師をしたことになっている。少なくとも、関根萬司先生と坊っちゃんは、「物理学校」と「数学の教師」という経歴については、ぴたりと一致している。

更に、続く。

「関根萬司先生を漱石に紹介した堀川三四郎という人は、漱石が東大で教鞭を執っていたときの教え子で、卒業後、一九〇四年（明治三十七年）に、宮城県第四尋常中等学校（現・角田高等学校）に英語教師として赴任したのであるが、同校ではその一年程前に、〈卒業試験問題漏洩事件〉が発端となる学園騒動が起こっていて、それが元で、十人近い教師達が転出した、との事である。

その中で真っ先に新潟県の高田中学校（現・高田高等学校）に転出したのが、坊っちゃんのモデルではないかと推理されている関根萬司先生であった……」

うーん、なるほど……、確かに、原作『坊っちゃん』にも学園騒動があった。山嵐こと堀田先生が騒動の責任をとって辞表を出すとか出さないとか揉めていた。

不思議なこともあるもんだ。小説『坊っちゃん』の筋書きとよく似ている。

ところで、関根萬司先生は、高田中学校では〈ポンチャ〉というニックネームで呼ばれていたそうだ。

なんでも、難しい数学の問題が解けると、生徒達に向かって、

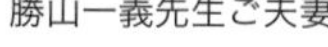

勝山一義先生ご夫妻

関根萬司先生

「ポーンと解けたね！」

と、言ったからだとか……。

この〈ポンチャ〉について、新説提唱者の勝山先生は、

「〈坊っちゃん〉という呼び名は、この〈ポンチャ〉からきたのではないか」

と、仰る。

なるほど、〈坊っちゃん〉と〈ポンチャ〉……、よく似ている。納得できる話である。〈坊っちゃん〉という呼び名の由来が解明された……と言ってもいいのかもしれない。驚きだ。単なる〈推理〉を超えている。「漱石研究における新発見」と言っても、言い過ぎではないだろう。

私は、あれこれ思い悩むよりも、先ず、勝山先生に直接お会いして、いろいろお訊ねするのが先決だと考え、早速、上越市のお宅を訪ねることにした。

勝山先生とのお話は尽きなかった。

勝山先生は、先ず、関根萬司先生と堀川三四郎氏の出会いについて次のように話してくださった。

「〈坊っちゃん〉のモデルが〈関根萬司〉であるというのは、私の単なる推測ではありますが、あまりにも関根先生の境遇が、小説『坊っちゃん』の話と似ているので、今では、殆ど疑うことなく、関根先生は、主人公〈坊っちゃん〉のモデルであった、と考えるようになりました。

彼は、宮城県第四尋常中等学校（現・角田高等学校）で数学を教えていましたが、〈卒業試験問題漏洩事件〉を発端とする学園騒動のため、責任をとって同校を退職。十人近い教師達と一緒に転出する破目になりました。

こうした経緯を漱石に伝えたのは、同校に英語教師として赴任していた漱石の教え子・堀川三四郎でした」

勝山先生の話にすっかり引き込まれてしまった私は、

「そもそも、このような『坊っちゃん論』の最初の切っ掛けは、何処にあったのでしょうか」

と、訊ねた。

勝山先生は、この新説に辿り着いた発端について、

「早稲田大学に在学中のことですが、『現代文学』と題するレポートを書くため、大学の図書館でいろいろと調べていたら、〈坊っちゃんの主人公のモデルは、関根萬司という人である〉という解説書に出会いました。それが何処の誰が書いた解説書だったのか、はっきり覚えては

いないのですが、後に関根萬司先生ゆかりの関根学園に勤めることになり、急に、学生時代に読んだ当時の事を思い出したのが発端です」

　と、教えてくださった。

　そのほか、次のような話もしてくださった。

「学園騒動を調査した県の役人は、野田藤馬（のだとうま）という人でしたが、どうやらこの人は、〈坊っちゃん〉が最も嫌うキャラクターの〈野だいこ〉、つまり〈野だ〉のモデルではないかと考えています。また、坊っちゃんの家の下女・清（きよ）の好物は、越後の笹飴でしたが、これは新潟県上越市高田の名菓です。これは、漱石と新潟県が〈越後の笹飴〉によってしっかり結ばれていたという一つの証明です」

　と。

　いよいよ、面白くなってきた。ただもう、勝山先生のお話に身を乗り出すばかりであった。

「漱石の小説『三四郎』のネーミングは、先述の関根萬司を漱石に紹介した堀川三四郎の名前からきているのではないでしょうか」

　とか、

「関根萬司と漱石は二松学舎（にしょうがくしゃ）(※2)で一緒に学んだ仲でした」

　とか、

「マドンナのモデルは、堀川三四郎の妻・石川絢（いしかわあや）(※3)のこと、という説もあるそうです」

などなど、今までに聞いたことも無いようなお話が続いた。

勝山先生の「『坊っちゃん』誕生論」や「坊っちゃんモデル説」は、しっかりとした根拠に基づいていて、推理の手順も確実で、信憑性に富むものであった。

それに比べて、私の考える主人公〈坊っちゃん〉のモデル説などは、言ってみれば、単なる想像に過ぎないものだった。

まぁ、しかし、意見の違いも小説の面白さの一つである、とか何とか言って自分を誤魔化しながら、相変わらず、『坊っちゃん』の世界を右往左往している。

私は、このようにして、勝山先生から、直接、『坊っちゃん論』をお聞きし、また、先生の著書を読み、だんだん、不思議な世界に引き込まれていった。

勝山先生の『坊っちゃん論』は、ここではただ、その概略を紹介するだけに留めたい。詳しい内容にまで立ち入るのは、失礼に当たるからである。

ところで、勝山先生は、

「坊っちゃんの家の下女・清（きよ）の好物は、越後の笹飴でしたが、これは新潟県上越市高田の名菓です。これは、漱石と新潟県が〈越後の笹飴〉によってしっかり結ばれていたという一つの証明です」

と、おっしゃったが、この時、はたっ！　と思いついたことがある。

それは、〈越後の笹飴〉が、小説『坊っちゃん』と越後を結びつけるための『漱石のサイン』であったのかもしれない……、という事である。

原作『坊っちゃん』では、坊っちゃんが四国の或る中学校の数学の教師として赴任することになり、それまで坊っちゃんの世話をしていた清（きよ）は寂しそうだ。

坊っちゃんは「行くことは行くがじき帰る。来年の夏休みにはきっと帰る。みやげには何がほしい？」と清（きよ）に尋ねる。すると清は「越後の笹飴が食べたい」と応える。

ここで漱石は何故〈越後の笹飴〉を選んだのか？　清（きよ）の好物など探せば山のようにあったはずだ。羊羹（ようかん）でもいいし、饅頭（まんじゅう）でもいいし、松山の銘菓〈一六タルト[※4]〉でも良かったはずだ。にも拘わらず、漱石は〈越後の笹飴〉を選んだ。

漱石は、坊っちゃんと越後の繋がりをこの〈越後の笹飴〉で読者に知らせようとしていたのではないだろうか。

【※1】〔関根学園高等学校〕　一九〇八年（明治四十一年）七月、私立女子技芸専修学校として設立認可。
翌年四月、新潟県高田市にて開学。関根萬司先生、初代校長に就任。開学の後、校名の改称は数回行われているが、最終的には、一九七八年（昭和五十三年）四月、関根学園高等学校と改称。

【※2】〔二松学舎〕　一八七七年（明治十年）、三島中洲（みしまちゅうしゅう）が開いた漢学塾。

創立一四〇周年を迎える二〇一七年には、記念事業の一環として大阪大学の石黒浩教授、漱石の孫の夏目房之介氏、朝日新聞社が協力して「漱石のアンドロイド」を製作するとのことである。

【※3】〔石川 絢〕 石川氏は清和源氏の子孫で、陸奥守を務めた家柄である。絢は初代角田町長・石川邦光の五女。

【※4】〔一六タルト〕 松山の銘菓。一八八三年（明治十六年）創業の「一六本舗」のタルトで、社名は創業年である明治十六年の「16」に由来する。

◎『坊っちゃん』一気呵成論

半藤一利氏の『続・漱石先生ぞな、もし』によれば、漱石は、僅か一週間程で『坊っちゃん』二百五十枚を完成させた、とある。書き始める三日ほど前に不意に浮かんできたものを、一気に書き上げた、との事だ。半藤氏は、こんな短時間の内に『坊っちゃん』が書けたという事は、よほどの何か鬱憤のようなものが心のうちに溜っていて、それが一度に爆発したからではないか……、と解説しておられる。

そして、ここにもう一つ新説が出現した。

さて、その新説とは……。

勝山一義先生は、この漱石の「『坊っちゃん』を一気呵成に書き上げた謎」について、六つの理由があるとして、詳しく解説しておられる。それらの理由をここでご紹介するとすれば、勝山先生の著作である「小説『坊っちゃん』誕生秘話」の内容を、殆ど全部、ご紹介しなければならなくなる。ここでは、私なりの解釈の一端をほんの少しだけ述べさせていただくこととする。

続・小説『坊っちゃん』誕生秘話
勝山一義著　（たかだ越書林）

「堀川三四郎氏は、こうした関根萬司先生に纏わる波瀾万丈の生涯の物語を、漱石に伝えたのであるが、それを聞いた漱石は、堀川氏の話がいかにもドラマチックでユーモアに溢れ、しかも、関根萬司先生の生き方が漱石自身の人生観とピッタリ一致していたので、忘れない内に記録に留めておこうとした。それが、『坊っちゃん』という小説に育っていった……。つまり、漱石は、堀川三四郎氏から、筆を休める暇もない程、面白いドラマを聞かせてもらった、という訳だ」

これが、勝山一義先生の「『坊っちゃん』一気呵成論」の最終結論である。

勝山先生は、二〇〇九年九月、この新説を一冊の本にして「文芸社」から「小説『坊っちゃん』誕生秘話」と題して出版し、更に、二〇一三年十一月にはその続編を「たかだ越書林」から出版なさっておられる。

勝山先生の研究が、『坊っちゃん論』の一つの定説として広く文壇で認められるようになることを心から希望している。

第八章　越後の笹飴と漱石の友情物語

◎清と越後の笹飴

坊っちゃんは、物理学校を卒業し、四国の尋常中学校の教師として就職することになった。いよいよ出発する時になって、清に、

「来年の夏休みにはきっと帰る」

と、言ったが、清は妙な顔をしている。大切に思っている坊っちゃんが、何処か知らないが遠い所へ行くらしい。坊っちゃんは、清が寂しい思いをしているのではないか、と心配になってきたので、

「何をみやげに買ってきてやろう、何がほしい」と聞いてみたら「越後の笹飴が食べたい」と言った。（中略）「おれの行く田舎には笹飴はなさそうだ」と言って聞かしたら「そんなら、どっちの見当です」と聞き返した。「西の方だよ」と言うと「箱根のさきですか手前ですか」と問う。ずいぶんもてあましました。

という会話がある。「越後の笹飴」のご登場だ。

越後の笹飴の話は、まだまだある。坊っちゃんが、四国あたりの赴任地に着いてからも出てくる。

とりあえず山城屋という宿屋に落ち着く事になった坊っちゃんは、二階の梯子段の下の暗い部屋へ案内された。食事のあと、寝ようとするが、熱いのと騒々しいのとでなかなか寝付かれない。そのうち、

「うとうとしたら清の夢を見た。清が越後の笹飴を笹ぐるみ、むしゃむしゃ食っている。笹は毒だから、よしたらよかろうと言うと、いえこの笹がお薬でございますと言ってうまそうに食っている。おれがあきれかえって大きな口をあいてハハハハと笑ったら目がさめた」

どうやら、坊っちゃんは、清に越後の笹飴を買ってやりたいと思いながら、まだ、実現できないことに気を揉んでいるとみえる。

坊っちゃんは、夢に見た越後の笹飴のことを、早速、清への手紙に書くことにした。

「きのう着いた。つまらん所だ。十五畳の座敷に寝ている。宿屋へ茶代を五円やった。かみさんが頭を板の間へすりつけた。ゆうべは寝られなかった。清が笹飴を笹ごと食う夢を見た。来年の夏は帰る」

まだある。今度は、坊っちゃんの独り言だ。

「いったい中学の先生なんて、どこへ行っても、こんなもの（坊っちゃんの蚊帳の中へバッタを入れておきながら、そんないたずらはしていない、と、しらをきる生徒達）を相手にするなら気の毒なものだ。よく先生が品切れにならない。よっぽど辛抱強い朴念仁がなるんだろう。おれはとうていやりきれない。それを思うと清なんてのは見上げたものだ。教育もない身分もない婆さんだが、人間としてはすこぶるたっとい。今まであんなに世話になってべつだんありがたいとも思わなかったが、こうして、一人で遠国へ来てみると、はじめてあの親切がわかる。越後の笹飴が食いたければ、わざわざ越後まで買いに行って食わしてやっても、食わせるだけの価値はじゅうぶんある。清はおれのことを欲がなくって、まっすぐな気性だと言って、ほめるが、ほめられるおれよりも、ほめる本人のほうがりっぱな人間だ。なんだか清に会いたくなった」

このように、清と「越後の笹飴」とは切っても切れない関係にあることが分かるのだ。

ここで、ちょっと横道にそれるが、この「清なんてのは見上げたものだ。教育もない身分もない婆さんだが、人間としてはすこぶるたっとい」というところは、漱石の書きっぷりにしては、少々、念が入り過ぎているのではないかと思う。

漱石の本音は、

「赤シャツなんてのは見下げたものだ。教育もあり、身分もしっかりした紳士だが、人間としてはすこぶる品性に欠ける」

と言いたかったのでは……？　つまり、〈赤シャツのモデル〉をこっそり皮肉っていたのだ。

坊っちゃんは、このように、清のことを「人間としては、すこぶるたっとい」と、大切に思っているのであるが、実は、清の方もそれ以上に坊っちゃんのことを大切に思っているのである。清がどれほど坊っちゃんを大切に思ってるかは、例えば、清が書いた坊っちゃん宛ての手紙のことでも察しがつく。

下書きをするのに四日かかり、清書するのに二日かかった——とある。

清の誠意が表れていて気持ちがいい。なるほど「清」が「書く」手紙だから、「清書」するのもうなずける。

さて、清が食べたいと言っていた越後の笹飴は、実は、著者である甘党の漱石自身が好きだったのだ。

「清が笹飴を笹ごと食う夢を見た」

と、あるが、これは、きっと漱石がこの笹飴を食べたことがあったのだろう。しかし、〈笹ごと食べる〉というのはどうだろう。私は笹を食べたことがないので何とも言えないが……、食べる人もいるのかもしれない。でも、ちょっと不思議な話だ。

ところで、越後の笹飴ってどんな飴なんだろう。私も一度でいいから、これを食べて、漱石が味わった気分に浸ってみたいものだ。

坊っちゃんが、四国辺りの尋常中学校に行く時、清から「越後の笹飴が食べたい」と、頼まれていたにもかかわらず、坊っちゃんはとうとう、清へのお土産に越後の笹飴を持って帰る事はなかった。それもそうだろう。四国辺りで越後の笹飴が買えるわけがない。結局、清は物語の最後までこの越後の笹飴を食べることは無かったのである。

清が、あれほど憧れていた「越後の笹飴」とは……！

清さえも食べられなかった幻の飴とは……！

◎越後の笹飴を訪ねて

果たして、この平成の世にあって、漱石が味わったらしい越後の笹飴を、そのままの形で、そのままの味で捜し求める事ができるのだろうか。私は早速調査を開始した。いろいろと調べていくうちに、越後の笹飴は、当時のそのままの味と姿で今でも売られている、という事が分かった。最初に見つけたお店の名前と住所は次の通り。

お店　＝　髙橋孫左衛門商店
住所　＝　新潟県上越市南本町　三丁目七番二号
電話　＝　(〇二五)　五二四ー一一八八

新潟県内で、越後の笹飴を売っているお店は、他にも数軒はあるらしいが、先ずは、この「髙橋孫左衛門商店」を訪ねることにした。当のお店は、信越本線の南高田駅からそう遠くない商店街の一郭にあり、すぐに見つかった。

立派な構えの老舗で『漱石も愛した笹飴の店』と書かれていた。創業以来三百七十年、という歴史にも魅了させられた。お店に入って一番に目についたのが、勿論、「越後の笹飴」であった。

髙橋商店の奥様がおみえになったので、私は、

「越後の笹飴とか、漱石のことでいろいろお訊ねしたいのですが……」

と言うと、

「いらっしゃいませ。私は、髙橋淳子（たかはしあつこ）と申しますが……」

と、自己紹介に続けて次のように説明してくださった。

*

髙橋家の菩提寺は、明厳寺（みょうごんじ）と言います。

私達は、そのお寺の檀家として、住職の森成さんとは、昔から親しくお付き合いをさせてもらっています。

以前、その明厳寺に、当時の住職の弟様の「森成麟造さん」という方がおいでになりました。

この方は、仙台医学専門学校（現・東北大学医学部）ご出身のお医者様で、卒業後は、東京の長与胃腸病院にお勤めになっておられました。

漱石とお知り合いになられたのは、多分、その長与胃腸病院にお勤めの頃だと思われます。

森成医師は、漱石の『吾輩は猫である』を読んで感銘を受け、文学に興味を持つようにな

高橋孫左衛門商店　上越市南本町

り、療養中の漱石の主治医となって親交を深められたと聞いています。

森成医師は、時々郷里のこの高田（上越市）へ帰ってこられましたが、東京へお戻りのときの手土産は、きまって当店の笹飴を選んでくださったそうです。それというのも、実は、それが漱石のお気に入りだったからです。

胃病で苦しんでおられた漱石が、療養先の修善寺（しゅぜんじ）温泉で倒れ、吐血された時、東京からいち速く駆けつけて診察にあたり、付きっきりで看護されたのがこの森成麟造医師だったと聞いています。

森成医師は、後に、上越市で開業されましたが、漱石との交友関係はずっと続き、度々、漱石にこの越後の笹飴を贈っておられたようです。当時、東京まで物を送るのに何日掛かったのか知りませんが、仮に一週間近く掛かったとしても、笹飴が傷むことはなかったでしょう。

越後の笹飴

創業者の髙橋六左衛門は、江戸時代の初期、寛永元年（一六二四年）に、粟（あわ）を原料にした粟飴を創りました。それがこの「越後の笹飴」の始まりです。当初の粟飴は、それほど上品なものではなかったようです。

四代目の孫左衛門が大阪へ修業に行き、原料の粟の代わりにもち米を用いることを学んできたのが寛政二年（一七九〇年）のことです。そして、とうとう、淡い黄色をおびた透明の、色味ともに上品な今日の水飴に完成したそうです。名前は「粟飴」のままにして、本当は、もち米を原料にしていたのです。今で言う企業秘密だったのですね。

この飴を笹にくるんで固めたものが「越後の笹飴」です。飴の品質が大切なことは言うまでもありませんが、実は、笹の品質も大切なのです。当初は、品質がいいと言われていた妙高山の麓にある熊笹を使っていましたが、昭和五十年頃になって、どうしたことか、ここの笹が枯れ始めたのです。

その後は、青森県の八甲田山麓にある熊笹を使っています。笹は、食べられませんが、飴と一緒に口元に持ってくるといい香りがします。この香りが飴を一層引き立ててくれるのです。

ご存じの通り、お寿司、ちまき、笹団子などは、昔から笹と深い関係にあります。笹の葉にくるむと食べ物の鮮度が落ちないからです。これは笹に含まれているビタミンやクロロフィル[※1]に防腐作用があるからです。最近では制癌効果もあると言われています。

「越後の笹飴」は、美味しいばかりか身体にもいいと言われているのです。

*

奥様の説明を聞いていると、今まで疑問に思っていた事柄がどんどん解けていった。笹飴を見つける事さえ難しいと考えていたのに、笹飴と漱石の接点まで知ることとなった。

いや、それればかりではない。修善寺で胃潰瘍の発作を起こした漱石のところへ、看護にかけつけた医師が森成麟造医師であることまで教えていただいた。

いつの間にか、十四代目、ご主人の髙橋孫左衛門氏がおいでになって、

「遠いところからわざわざお越しいただいたそうで……」

と、声をかけてくださった。

早速、笹飴を頂いた。なるほど、素朴で上品な味だった。最初は、飴が笹の葉にくっついて扱いにくかったが、すぐに慣れた。漱石もこうして笹の葉にくっついた飴をしゃぶっていたのだろう。

これだったのか、清が食べたいと言っていた越後の笹飴は……！

髙橋孫左衛門様、奥様、いろいろとありがとうございました。

【※1】〔クロロフィル〕　葉緑素のこと

◎修善寺の漱石

さて、修善寺で胃潰瘍の発作を起こした漱石のところへ、いち速く看護にかけつけた医師がこの高田出身の森成麟造医師であったことは、先程述べた通りである。

では、修善寺の漱石はそれからどうしたのだろう。

胃潰瘍と診断されていた漱石は、ここ修善寺温泉へ転地療養に来たのであるが、そのときの一部始終を、『朝日新聞社史・明治編』は、次のように書いている。

「漱石は久しく胃をわずらっていたが、明治四十二年夏、『それから』を書き終った頃からさらに悪化、……（中略）……翌明治四十三年六月、『門』を書き終えたあと、内幸町の長与胃腸病院で胃潰瘍と診断され、『土』の連載が始まって間もない六月十八日入院、七月三十一日いったん退院し、八月六日修善寺へ転地療養におもむいた。

ところが、宿につくと、早々に胃けいれんをおこし、十七日にはついに吐血した。

連絡を受けた池辺三山（いけべさんざん）[※1]は、さっそく渋川社会部長[※2]に指示して、胃腸病院の医師を修善寺へ急行させた」

更に続けて、

「十九日ふたたび吐血。これを聞いた三山は、二十日朝、見舞金百五十円をもたせて渋川を急派し、『どんな医者でも、どんな器械でも送るから……』と伝えさせた。

つづいて二十四日、三山は胃腸病院の副院長に往診を依頼した。……（中略）……漱石はしだいに快方にむかい、十月十一日、東京に帰り、そのまま胃腸病院に再入院した。

そして数日後の二十日ごろから、病床で、修善寺の体験記『思ひ出す事など』の稿をおこし、それが十月二十九日から文芸欄に断続的にのりはじめた。しかし、漱石がそのようなものを書き出したと知った池辺三山は、病院を訪れて漱石をしかった」


『朝日新聞社史・明治編』は、このあと、漱石の『思ひ出す事など』の抜粋を紹介している。

それによると、

「友人のうちには、もう夫程(それほど)好くなったかと喜んで呉(く)れたものもある。或は又あんな軽挙(かるはずみ＝この場合、療養に専念せず、原稿などを書いていること)をして遣り損なはなければ可いがと、心配して呉(く)れたものもある。其中で一番苦い顔をしたのは池辺三山君であった。余が、原稿を書いたと聞くや否や、忽(たちま)ち余計な事だと叱り付けた。しかもその声は、尤も無愛想な声であった。医者の許可を得たのだから普通の人の退屈凌ぎ位な所と見てよかろうと余は弁解した。

医者の許可も去る事だが、友人の許可を得なければ不可(いか)んと云ふのが三山君の挨拶であった」

と、書かれている。

池辺三山が、「医者の許可も大事だが、私の許可も得なければいかん」と、漱石を強く叱り付けたという話は有名な話であるが、さすがの漱石も、池辺(いけべ)三山(さんざん)に叱られたとあっては、返す言葉もなかったであろう。

「散々(さんざん)」な目にあったという訳だ。

ところで、朝日新聞社史では、長与胃腸病院の〈医師〉と〈副院長〉の二人の医師が修善寺の漱石の診察、看護に当たっていた、とある。〈副院長〉とは、杉本副院長のことであるから、もう一人の〈医師〉は、森成麟造医師に違いない。

つまり、最初に修善寺に飛んで来た〈医師〉こそが、漱石の友人・森成麟造先生だったのである。『思ひ出す事など』には、修善寺における森成さんの看病ぶりが詳しく書かれている。

さて、漱石が泊まった修善寺温泉の旅館は、薬膳の宿としても良く知られている「菊屋」で、部屋の名前は「梅の間」と言った。

二〇一四年（平成二十六年）五月三十日、私は、その「菊屋」を訪ね、当時の漱石にまつわるいろいろなお話を聞かせていただいた。『朝日新聞社史・明治編』からの転記部分と重なるお話は省略させていただくとして、ここでお聞きしたところを少しばかり紹介したい。また、中山高明氏著『夏目漱石の修善寺』からも一部ご紹介したい。

かねてから胃を悪くしていた漱石は、内幸町の長与胃腸病院におよそ一か月半入院していたが、退院後、松山時代の教え子の松根東洋城（まつねとうようじょう）さんから病後の静養にと勧められ、一九一〇年（明治四十三年）八月六日、修善寺温泉の旅館「菊屋」を訪ねたのであった。折角の転地療養ながら、病状は更に悪化し、結局は、快復するまでずっとここで闘病生活を送ることとなったのである。

修善寺温泉「菊屋」
2014年（平成26年）5月30日撮影

特に、八月二十四日の夜八時には四回目の吐血をされ、一時は人事不省に陥り、危篤状態が続いたとのことだった。危篤の電報を受けた漱石の知人・安倍能成（あべよししげ）氏(※3)は、翌朝一番に駆けつけてこられたが、この時漱石は、「安倍能成」氏を「アンバイヨクナル」と読まれ、縁起がいいと喜ばれたそうだ。

――漱石は、危篤状態のこんな時でも好きな駄洒落を飛ばしておられたようだ――

その後、漱石の病状は徐々に回復に向かい、九月十六日の朝には氷嚢（ひょうのう）が外せるまでになり、いよいよ十月十一日には東京へお帰りになることと決まり、「菊屋」の御主人は、その日の朝、回復のお祝いにといって、尾頭付きの甘鯛をお出しになったとのことだった。

一方、修善寺の担当医は、「大仁駅（伊豆箱根鉄道の当時の終着駅）に到着するまでは、十分、大事を取らねばならない」として、舟形の寝台を考案し、漱石の帰京に備えていた。

帰京当日は、朝から生憎の本降りであったが、準備されていた寝台に布団を敷いて漱石を寝かせ、馬車に牽かせて出発したのであった。

漱石は、帰京する二、三日前から修善寺土産が気にかかって、鏡子夫人といろいろ相談なさったそうだ。修善寺特産の寄木細工の箱とか、煙草盆、それに修善寺飴、柚羊羹など、あれこれ準備されたとか。

漱石の修善寺体験は、「思ひ出す事など」や「修善寺日記」につづられ、その中からは、死生のはざまを彷徨った漱石の人生観を垣間見ることができる。また、「菊屋」がこのような『修善寺の大患』の舞台となったことは、「菊屋」自身にとって大変感慨深いものがあったことだろう。

ところで、「菊屋」の旧本館の一部は、一九八〇年（昭和五十五年）五月、敷地面積五十ヘクタールを誇る雄大なレジャー施設「修善寺虹の郷」（修善寺から戸田へ向かう道路沿いにある）に移築され、「漱石庵」と名づけられることとなった。

ここを訪れる行楽客は、この「漱石庵」で一服のお茶を楽しみながら、修善寺温泉に転地療養に来た漱石を偲ぶのである。

「修善寺虹の郷」にある「漱石庵」の部屋

1980 年 (昭和 55 年) 5 月、修善寺温泉「菊屋」の旧本館の一部が「修善寺 虹の郷」に移築され、「漱石庵」と名づけられた

二〇〇二年（平成十四年）十二月二十一日の朝日新聞新潟版によると、漱石は、昼夜を問わず看病してくれた森成麟造医師に、

修善寺にて、篤（あつ）き看護をうけたる森成国手（こくしゅ）に謝す[※4]

朝寒も
夜寒も人の情け哉　漱石

と、自作の句を彫った銀のシガーケースを感謝の印として贈った、とある。

【※1】〈池辺三山〉本名は池辺吉太郎。朝日新聞社の主筆として近代ジャーナリズムの基礎を築いた人と言われている。漱石の朝日新聞入社に尽力した人達の中の一人。

【※2】〈渋川玄耳〉本名は渋川柳次郎。渋川の才能を認めた池辺三山は、社会面の刷新を図るべく、渋川を朝日新聞社の社会部長として起用。漱石の修善寺における体験記・『思い出す事など』には〈東京の玄耳君〉と親しげに書かれている。

【※3】〈安倍能成〉松山生まれ、哲学者・教育家。第二次大戦後文相・学習院長。漱石の門下生。著書『カントの実践哲学』、『西洋道徳思想史』など。（広辞苑より抜粋）

【※4】〔森成国手に謝す〕　名医である森成先生に感謝する。

第九章　会津に寄せる漱石の心

◎勝てば官軍、負ければ賊軍

坊っちゃんと山嵐は、初めの頃はちょっとした誤解もあって、あまりいい仲ではなかったが、それも少しずつ解け始め、山嵐が、坊っちゃんにたずねている。


「君はいったいどこの産だ」

「おれは江戸っ子だ」

「うん、江戸っ子か、道理で負け惜しみが強いと思った」

「君はどこだ」

「僕は会津だ」

「会津っぽか、強情なわけだ。きょうの送別会へ行くのかい」


二人は、こうして意気投合し、うらなり先生の送別会に出向くのである。

江戸っ子の坊っちゃんと会津っぽの山嵐は、以後、ずっと行動を共にする。物語は、祝勝会の後の余興で起きた乱闘騒ぎから、クライマックスの卵投げ騒動へと一気に続く。

なお、この祝勝会というのは、「日露戦争」の祝勝会のことではないだろうか。

「日本海海戦」において、司令長官東郷平八郎の率いる連合艦隊が、ロシア海軍のバルチック艦隊を壊滅させたのが明治三十八年五月。ポーツマスにて日露戦争の講和条約が締結されたのが同年九月。『坊っちゃん』が「ホトトギス」に発表されたのが、それから約半年余り後の明治三十九年四月であった。文中の「祝勝会」は、「日露戦争」の事と考えればタイミングとしてはピッタリだ。


「山嵐」こと堀田先生と言えば、坊っちゃんの盟友であるばかりでなく、この小説のヒーローだ。『坊っちゃん』を読めば誰でも山嵐のファンになる。この人気者・山嵐を、漱石は「会津」の出身とした。大切な登場人物の出身地を会津に定めたという事は、漱石自身が、この会津を大切に思っていたからに他ならない。

私達は、日本歴史の勉強で、

「明治の世になって国が一つに纏まり、独立国家として世界の仲間入りができたのは〈薩摩や長州〉のおかげです。〈会津〉は朝敵で賊軍でした」

と、教わった。

しかし、漱石は何故か、その朝敵で賊軍である会津が好きだったのではないだろうか。それは、幕末の動乱の中で信念を曲げず、ひたすら幕府に忠誠を尽くす会津魂に共感を覚えていたからだ。

どうやら、漱石は、新しく出現した未完成な権力者がお嫌いのようだった。権力側から与えられる文学博士号を辞退した事や、権力の象徴のような東京帝国大学の講師の職を辞して、一民間企業である朝日新聞社に入社した事などからも、漱石の心意気が伝わってくる。

もし、『坊っちゃん』の登場人物を、半藤一利氏の著『夏目漱石・青春の旅』に倣って官軍と賊軍に分けるとすれば、坊っちゃん・山嵐同盟は、果たしてどちらの側に属するのだろう？

赤シャツ一派は、坊っちゃん・山嵐同盟に散々痛めつけられはしたが、教師である身分に何の影響も及ぼされてはいないので、負けたとは言えないのである。つまり、赤シャツ一派は〈官軍〉だったのだ。一方、坊っちゃん・山嵐同盟は、赤シャツ一派を懲らしめてやるという思いは達成したものの、教師の職を辞めざるを得なくなった、つまりは負けたので〈賊軍〉ということになる。

半藤一利氏は、この辺のところを、『夏目漱石　青春の旅』の中で、次のように解説なさっておられる。

「どうやら『坊っちゃん』は、江戸を占領した薩長藩閥政府を冷笑悪罵（れいしょうあくば）している小説のようだ。山嵐は、最後まで薩長軍と戦った〈会津っぽ〉で、うらなりも、下宿の主人の萩野も、もとはと言えば零落士族で、松山藩も徳川の親藩で、いずれも佐幕派だった」

と。これでいくと、赤シャツ一派は、〈官軍〉の薩長連合軍ということになる。

小谷野敦氏も、その著『夏目漱石を江戸から読む』の中で、竹盛天雄氏の言葉であるが、と断って、

「赤シャツ一派と坊っちゃん・山嵐同盟の対立のなかには、現実の歴史が、影を落としており、坊っちゃんの語り口と人物像は、滅び行く世界としての〈江戸〉を意味している」

と、いう解説を紹介なさっておられる。

漱石は、『坊っちゃん』の中で、明治維新前後に見る〈佐幕派〉の運命を、坊っちゃん・山嵐同盟に投影させていたのであった。山嵐の出身地を会津と定めた漱石の思いの中に、漱石の会津に対する深い愛情が偲ばれるのである。

——坊っちゃんの盟友は山嵐しかいなかったが、本当はもう一人くらい骨のある盟友が欲

しかったなぁ……。例えば、出身地は南部盛岡藩で、

「わだしにあるのは信義だけでござりやんす。信義とは、人として守るべき道のことでござりやんす」

なーんて言ったりして……。しびれるなぁ……！――

実は、これは浅田次郎氏原作のテレビドラマ『壬生義士伝』の主人公・吉村貫一郎の台詞である。一度聞いたら忘れられない。心にずしりと響くものがある。

――勝手に坊っちゃんの仲間に引っ張り出したりしてごめんなさい――

ところで、会津にあるという会津魂とか会津気質とは一体どんなものなのか。何故、そのようなものが会津だけに育つのか。

◎会津の故郷にある不思議な心

会津には不思議な心がある。

会津若松を散策していると何となくそれらしきものを感じるのである。会津若松駅のすぐそばにある中央書店を訪ねた時、

――何か『会津の心』に接する事のできるようないい本がないものか。会津で生まれた童話とか、方言の解説書などの中に、そうしたヒントが隠されてはいないだろうか――

などと考えながら書棚を眺めていると、店主とおぼしき方が、
「何か会津に関する書籍をお捜しのようですね。参考になればいいですが……」
と、言って、歴史春秋出版社（会津若松市）発行の童話、詩集、伝説、方言の解説等の本を四、五冊選んでくださった。

私は書店に来て何の質問もしていないのに、どうしてこの方は、私が捜し求めているものを理解されたのだろう……。

答えがあるとすれば「ここは会津だから」か。

私は、お礼を述べたあと、しばらく世間話などさせていただいた。後に、この方は、頂いた名刺から店主の佐藤良平氏であると分かった。確かに、会津には「正直、頑固、誠実、そして親切」のようなものが空気のように流れている。この時、選んでくださったこれらの書籍の中にも、こうした『会津の心』の謎を解く鍵が秘められていることだろう。

◎戊辰戦争

良く聞く話だが、会津若松の人達は、いまだに戊辰戦争の恨みを持ち続け、鹿児島県や山口県の出身者に対しては敵愾心（てきがいしん）を抱いていると聞く。

「この前の戦争で負けまして……」

と、言った時の「戦争」とは、会津では、太平洋戦争のことではなく戊辰（ぼしん）戦争のことであるという。本当だろうか。

何人かの会津の人に、

「『この前の戦争』と言えば、太平洋戦争のことではなく、戊辰戦争のことである……、と本当に考えておられるのでしょうか」

と、尋ねてみた。返ってきた返事は、

「その話は少々誇張されていますね。確かにそのような気持ちは今でも持っていますよ。しかし、『この前の戦争』と言えば、やはり太平洋戦争のことですね」

であった。更に続けて話題を戊辰戦争に向けると、だいたい次のような話が返ってきた。

「会津は朝敵とか逆賊とか言われてきました。しかし、これは何処かで誤解が生じたからでしょう。会津藩士は日新館教育で『ならぬものはなりませぬ』ということをしっかり教わっています。会津藩士は絶対に間違った事はしないのです」

と、きっぱりおっしゃった。

会津の人は、ここまで自信が持てるんだな、と羨ましく思った。『この前負けた戦争とは戊辰戦争のこと』と、いう話は、誇張されてはいたが、まったくの作り話でもなかったようだ。

随分前のことであるが、猪苗代湖畔にある会津民俗館を訪ねたとき、博物館事業部長をなさっていた渡部 認氏にお会いすることができた。

「戊辰戦争は、今でも会津の人々に何か影響を及ぼしているのでしょうか?」

と、尋ねたら、

「そうですね……。戊辰戦争は、私達一人一人にとっては、いかに会津育ちであろうとも、もう昔の話になりました。忘れてしまった、と言ってもいいでしょう。しかし、『会津若松』という目に見えない集合体にとっては、戊辰戦争はいつになっても忘れられない存在なのです」

「はぁー、いつになっても忘れられない?」

「二〇〇三年六月のことですが、当時、福島県の〈株式会社・財界21〉という出版社が、『ならぬことはならぬもの〜会津武士の精神が日本を救う〜』という本を出版しました」

「……」

「その出版記念シンポジュウムの席で、当時の萩市長の野村さんは『戊辰戦争から今日まで百三十五年になります。そろそろ仲直りさせてください』と提案されたそうです。しかし、会津は、**『仲良くはしても、仲直りは難しい……』**と、応えられたそうです」

私は、『ならぬことはならぬもの』という言葉と、『仲良くはしても、仲直りは難しい』という言葉の中に、会津魂と会津気質を感じたのであった。

そう言えば、これまでに、仲直りの話が何回かあったという。戊辰戦争百年後に当たる一九六七年のこと、会津若松市は、山口県の萩市から、

「そろそろ、仲直りしていただけないでしょうか」

と、講和を求められた。しかし、会津はこれを断った。

更に、二十年後の一九八七年にも萩市から同じ申し出を受けたが、この時も、断ったという。これには、

「会津の人が断ったのではなく、『故郷・会津若松』が断ったのだ」

という解説がなされていたそうだ。

『故郷・会津若松』は、白虎隊の悲劇や、朝敵の烙印を押されて下北半島に流された会津藩士のその後のつらい運命のことを決して忘れてはいない、ということだろう。

萩市からの講和の提案に賛同した会津若松のある市長候補が、選挙で負けたそうだが、これは今は亡き会津藩士の恨みのせいだろうと、もっぱらの噂であった。執念深いのか、粘り強いのか、意地っ張りなのか、はたまた強情なのか。会津魂には、ただ感服するばかりである。

渡部氏は、

「ご参考になればいいですが……」

と言って、『財界ふくしま』二〇〇三年八月号をくださった。それには、先程、渡部氏からお聞きした『ならぬことはならぬもの～会津武士(もののふ)の精神(こころ)が日本を救う～』の出版記念シンポジュウムに関する記事が載っていた。

出席者は、作家の星 亮一氏、早乙女 貢氏、一坂太郎氏、そして当時の会津若松市長や萩市長など、戊辰戦争を語れば後には引けぬ錚々(そうそう)たるメンバーであった。

出版記念シンポジュウムの最後は、

「会津と長州の間には、歴史認識の違いによるわだかまりがまだ解けないで残っている。しかし、今後は、お互いの歴史を正しく検証し、未来にむけて展望が開けるよう対話を続けましょう」

と、締めくくられていた。

◎二季咲桜（にきさきざくら）と夏みかん

会津と長州のわだかまりは、いつになったら解けるのであろうか。

仲良くはしても、仲直りは難しい……

と、言う事であれば、如何にお互いの歴史を正しく検証し、未来に向けて話し合ったとしても、そう簡単に明るい展望が開けるものでもないだろう。で、あるならば、いっその事、〈仲直り〉は暫く待つことにして、〈仲良くする〉ことに力点を置く、というのはどうだろう。〈仲良くする〉方法ならば幾らでもある。うまく行けば〈仲良くする〉に始まり、自然に〈仲直り〉に進展することも考えられる。

では、仲良くするにはどうすればいいのか……。

例えば、長州からの友好のしるしとして、萩の特産・夏みかんの苗木を会津に持参し、植樹させていただく、というのはどうだろう。

夏みかんは山口県の県花でもある。「鶴ヶ城」のお濠に沿って、或いは、名勝「御薬園」の〈心字の池〉の近くに、それぞれその景観を壊さぬよう、会津の了解を頂いて、植樹させていただくのだ。季節が来れば、薫り高き花が咲き、やがて実がなり、年を追う毎にそれが〈友好の夏みかん〉に成長するに違いない。

ところで、この〈萩の夏みかん〉は、昨今の改良された品種とは違って、いまだに昔ながらの素朴な味を保っているらしい。つまり、少々酸っぱいのだ。これをいただく時は、それはそれは口をとがらせて、目を細めながらいただくのである。いつぞや、萩焼を求めて窯元を訪ねた時、そこのお店の奥様が、

「庭になった夏みかんですが……」

と、言って、夏みかんを幾つか下さったことがあった。

確かに酸っぱかったが、懐かしい味だった。そうした昔ながらの味は、今時、貴重なもので、かえって人々に喜ばれるのではないだろうか。この夏みかんは、果物としての価値もさることながら、その花の薫りもまた素晴らしいのである。五月に咲かせる五弁の花の薫りには気品すら溢れている。もし、このような植樹が実現すれば、会津の人々は、きっと〈萩の夏みかん〉に魅せられ、「萩」を想い、仲良くすることの大切さに胸を打たれることであろう。

そもそも〈萩の夏みかん〉と言えば、明治維新の頃、禄を失った士族達が栽培することを奨

励されて育てたものだ。何も、戊辰戦争に勝ったからと言ってその後の長州が権勢をほしいままにし、好き勝手にはしゃいでいた訳ではない。〈萩の夏みかん〉には、長州の士族達の生きる為の苦労が沁みているのである。こうした〈萩の夏みかん〉なればこそ、いつかは、互いに相手を思い遣るという仲直りの実を結んでくれはしないだろうか。

萩では、家を新築すると、夏みかんの苗木が三本、町から贈られるという。なるほど、あの土塀から丸い可愛い顔を出している夏みかんの風情は、こうした昔ながらの風習に守られていたのかと、つくづく納得したのであった。

ただ、一つだけ気掛かりな事がある。それは、〈萩の夏みかん〉は、北日本での栽培は難しいと、言われている事だ。果たして、会津の土地で無事に育つだろうか。気候風土の違いは如何ともし難いが、そこをなんとか両者の努力で品種改良など工夫を凝らし、この友好の植樹を成功させて欲しいと願うのである。

二〇〇五年（平成十七年）十二月二十二日の朝日新聞の『花おりおり』（文＝湯浅浩史氏）に、「ナツミカン」と題して、次のような素晴らしい話が紹介されていた。

「ナツミカンは冬に実るが、夏まで残るので夏ミカンと言う。十八世紀の初め頃、長門市青海島の海岸に流れ着いた一つの果実の種子を、西本於長（にしもとおちょう）という女性が育てたのが原木として現存。天然記念物に指定されている。明治になって萩から各地に伝播された」

このように、〈萩の夏みかん〉には、貴重な歴史もあったのだ。

徳川幕府の消滅から明治維新に至るまでの変動の時代に生じた怨念は、何も会津と薩長に限った訳ではない。戊辰戦争（一八六八年）が始まる八年前には、「桜田門外の変」と呼ばれるもう一つの怨念が生まれていた。

それは、安政七年（一八六〇年）三月三日の雪の朝、時の大老、十三代彦根藩主・井伊直弼（いいなおすけ）が、その政策が弾圧的であるとして恨まれ、攘夷派である十八人の水戸浪士達によって、江戸城桜田門外で暗殺された事件である。当然の事ながら、以後の彦根と水戸の間には、一つの怨念が渦巻いたのであった。

琵琶湖の東岸に位置する国宝「彦根城」の一郭には、十三代彦根藩主・井伊直弼の銅像が建っている。そこから少し離れた所に、三本の〈二季咲桜（にきさきざくら）〉が植えられているが、この桜は、春は勿論、晩秋から初冬にかけても薄紅色の小さな花を咲かせるという。

私は、以前から、その〈二季咲桜〉の冬に咲く花が見たかった。

二〇〇五年十二月初旬、彦根市観光案内所に電話をかけ、花の様子を尋ねてみたら、丁度、この時期が満開であるとのこと。

そこで、十二月十八日、急に思い立って彦根城を訪ねることにした。

彦根に来てみれば、なんと……、辺り一面雪だった。満開の〈二季咲桜〉に、折しも降り始めた小雪が似合っていた。満開とは言っても、辺り一面に咲き誇るといった感じではなく、慎ましく、優しく、静かに雪を抱いて咲いているといった風情の可憐な薄い紅色の花だった。

この〈二季咲桜〉は、一九七二年（昭和四十七年）四月、水戸市から寄贈されたものである。彦根と水戸の間にあった怨念と長い間の確執は、この時、既に消えていたのであろうか。

実は、一九六八年（昭和四十三年）十月二十九日、明治維新から百年が経過したことを契機として、水戸市と彦根市との間に友好の輪を結ぼうという気運が高まり、敦賀市の仲介によって、両市は、友好都市として提携を結んでいたのであった。

水戸市と彦根市は、既に仲直りを達成していたのである。

水戸から贈られた〈二季咲桜〉は、今や、水戸と彦根の友好の輪を広げていく一つの象徴となっている。彦根城を訪れる旅人は、この〈二季咲桜〉を眺め、そばにある立て札の解説を読みながら、人の世の優しさに触れ、思わず笑みを浮かべるのである。

もし、〈萩の夏みかん〉も、この〈水戸の二季咲桜〉のように、長州と会津の仲良しのしるしとして植樹され、育てられたならば、これもまた、いつかは……それは百年後であっても千年後であっても構わない……仲直りの象徴として世間から喝采を浴びることになるだろう。

二季咲桜
1972 年（昭和 47 年）4 月に水戸市（友好都市）より寄贈されたもので、
冬（11 月から 1 月）と、春（4 月から 5 月）の年 2 回開花します。
2005 年（平成 17 年）12 月 18 日撮影

二季咲桜
彦根城の内濠のそばで、降り始めたばかりの雪に抱かれながら薄紅色の花を咲かせていた。

◎藩祖・保科正之の家訓

会津魂は会津にしか育たない。それにはそれなりの理由があった。

それは、藩祖・保科正之(まさゆき)の家訓十五か条があり、それを忠実に実行した藩主・松平容保(まつだいらかたもり)の教えがあり、加えて会津の青少年に対する熱意溢れる教育制度があったからである。しかも、こうした環境を素直に受け入れた会津の人々の純朴さが、会津魂、会津気質を育む大きな力になったのだと思う。

会津藩士の家にもそれぞれ家訓があった。

それは一言で言えば「誠に生きる」であった。容保(かたもり)の生き方を見れば、それも当然の事と納得できる。

松平容保は、薩摩、長州、土佐、肥前に同調することなく、最後まで徳川家に忠誠を尽くし、後の歴史家から「正直過ぎる」とか「政治がない」などと言われたそうだが、節操の無い他の藩主に比べれば、自分の信ずる所に従った誠実一筋の人であったと思う。

孝明天皇からの信頼も厚かったと聞く。

当時は、京都守護職が勤まる人物と言えば彼をおいて他になかったとのことである。彼は、尊王攘夷とか、佐幕とか、公武合体とかの多くの思潮の中にあって、彼の判断基準は唯一つ

「誠の人の道」があるだけであった。

鶴ヶ城から少し離れた東方の一郭に歴代藩主の保養所として有名な「御薬園」がある。最後の会津藩主となった容保は、鳥羽伏見の戦いの後、この「御薬園」で蟄居された。心身共に疲れ切った彼は、この静かな佇いの中で、過ぎ去った数年の激動のときを振り返り、故郷の山々を飽きずに眺めていたことであろう。

◎会津藩の教育

星亮一氏の『幕末の会津藩』によれば、会津藩では六つ、七つの幼年期から「遊び」という制度の中で組織的に教育が始められていた、とある。「遊び」の集会場は、仲間の家が順番に当番をつとめ、遊ぶ前には先ず座長が「七つの心得」を暗唱したという。

一、年長者のいう事を聞かなければなりませぬ
二、年長者にはお辞儀をしなければなりませぬ

三、うそをいうてはなりませぬ
四、卑怯な振る舞いをしてはなりませぬ
五、弱い者をいじめてはなりませぬ
六、戸外で物を食べてはなりませぬ
七、戸外で婦人と言葉を交わしてはなりませぬ

こうした規律に違反すると制裁が加えられたようだ。軽いのは「無念」と言って、皆の前で「無念でした」とお詫びせねばならなかった。重くなると、属するグループから絶交を言い渡され、父兄の付き添いで組の長に詫びないと許されなかった。

この「七つの心得」の最初に、

「年長者のいう事を聞かなければなりませぬ」

と、あるが、当時の会津の「年長者」は、みんな模範的な存在だったのだろうか。いや、こんな規律があれば「年長者」たるもの、子供達の前では、襟を正して清く正しく、模範的な存在にならざるを得ないのだ。つまり、会津藩は、子供向けの規律のように見せかけて、実は、大人の社会に対しても模範的、道徳的であるべき事を要請していたのではないだろうか。

もう一つ、気になるのは、

「戸外で婦人と言葉を交わしてはなりませぬ」

だ。

「そこまで、お固い事を言わなくっても……」

と、思うが、当時は、こうした規律があったからこそ社会の秩序も守られていた、と言えるのかもしれない。会津の教育制度の奥深さに、今更のように敬服するのである。いずれは立派な武士に育って欲しいと願う藩の深慮遠謀が窺われる。

できる事なら、このような規律の「一部」だけでも、現在の日本中の子供達に差し上げて欲しいと思うのだが、そんな事を考える私は、ひょっとして、時代遅れなのかもしれない。

◎会津藩校日新館

幼年期が過ぎると、次は会津藩校日新館で学ぶ事になる。日新館の教育は儒学、神道、算術、医学、砲術、弓術、馬術、槍術、剣術等、幅広いものであった。

究極の教えは、「主君のためには総てを尽くす」ということで、この精神は、一人一人の藩士に徹底的に叩き込まれたという。会津の最も大切な言葉、即ち、

ならぬことはならぬものです

は、この日新館の教えによるものであるが、これは、会津魂を育む根源の言葉とみた。

と、同時に、私は、漱石の晩年の言葉である「則天去私」も、そのままこの日新館の教えに通じていることに気づいたのであった。

◎飯盛山の白虎隊

山嵐の出身地・会津については、松平容保の事、青少年の会津式教育の事、婦女子に対する教育の事、戊辰戦争の事など、まだまだ知りたいと思う事が沢山ある。

ただ、私は、どうしてこんなに会津に惹かれるようになったのか。

それは、私が小学校二、三年生の頃のことだった。富山市金山新（かなやましん）という神通川（じんづう）のほとりにある小さな村の親戚（笹井治夫氏）の家を訪ねた時のことである。

その家の奥座敷の屏風には、飯盛山の白虎隊自決の絵が描かれていた。

遠くの方では、鶴ヶ城の天守閣が黒煙と炎に包まれ、燃えていた……、と思っていた。子供心に強烈な印象を受けた。実際に燃えていたのは鶴ヶ城ではなく城下町であった、という事はずっと後に知った。

この時以来、頭の中は会津や白虎隊のことでいっぱいになった。疑問も湧いてきた。その時のお城の殿様は誰で、攻めてきたのは誰だったのか、何故戦争になったのか……。白虎隊は、まだまだ小さい子供達なのに、何故、自決しなければならなかったのか……。こうした疑問は、大人になるにつれて歴史的な興味へと育っていった。日本の黎明期の会津の心に興味を抱いた最初の出会いであった。

今でも、その屏風絵はあるだろうか。ざっと七十年前のことである。

明治三十一年、土井晩翠が、東京音楽学校の求めに応じて作詞した「荒城の月[※1]」は、この鶴ヶ城に思いを馳せて創られたと言われている。その詞には、

栄枯は移る　世の姿

と、あるが、彼は、夜半の月に照らされるこの鶴ヶ城を、果たして「栄」と見たのであろうか。はたまた、「枯」と詠んだのであろうか。

鶴ヶ城
2003年（平成15年）7月19日 撮影

鶴ヶ城は、最近、瓦の色を幕末当時の赤色に一新したとのことである。

会津に秘められた情熱は、こうして益々輝きを増していく。

土井晩翠と瀧 廉太郎のコンビになる名曲「荒城の月」が、いつまでも私達の心に深く沁みるのは、私達にも、会津の心に共鳴するものがあるからに違いない。

【※1】〈荒城の月〉「荒城の月」の作詞者・土井晩翠は、会津の〈鶴ヶ城〉や、彼自身の故郷である仙台の〈青葉城〉をイメージして作詞したと言われているが、後年、これに曲を付けた瀧 廉太郎は、大分県竹田市の〈岡城址〉に思いを馳せて作曲したと言われている。作詞者と作曲者は、それぞれ、別の「城」に思いを寄せていたことになる。

第十章　延岡の〈漱石嫌い〉と、小樽の〈啄木嫌い〉

◎可愛いマドンナ

うらなり先生こと英語の古賀先生は、赤シャツの策略で、延岡への転勤を余儀なくされてしまったのであるが……。

正当な人事異動による転勤ならともかく、赤シャツの個人的な勝手な事情によって、うまく嵌められ、無理矢理にリストラされたという訳だ。可哀相なのはうらなり先生だ。

おまけに、うらなり先生の許嫁のマドンナまで、赤シャツに横取りされることになる……のかな？

いや、待てよ。実は、この辺のことがよく分からない。マドンナは、本当にうらなり先生を振り払って、赤シャツのところへ靡いて行ったのか。或いは、もしかして、うらなり先生の後を追いかけて延岡へ行ったのか……。

漱石は、そのあたりの事をぼかしてしまった。漱石は、自分の心の奥に大切に仕舞い込んだマドンナの事を、あまり詳しくは書きたくなかった……。だから、マドンナの行く末については、読者の想像に任せましょう、ということにしてしまったのではないだろうか。

もし、私がうらなり先生だったら、マドンナから、

「すみません……、別れてください……」

と、言われない限り、何があってもマドンナだけは連れて行く。

マドンナは、誰もが認めてくれていたうらなり先生の許嫁だ。マドンナと言われる程の女性だから可愛いに決まっている。うらなり先生の初恋の女性だったのかもしれない。

下宿のお婆さんが、

「まだ御存知ないかなもし。ここらであなた一番の別嬪さんじゃがなもし。あまり別嬪さんじゃけれ、学校の先生がたはみんなマドンナマドンナと言うといでるぞなもし。まだお聞きんのかなもし」

と、坊っちゃんに話しかけている。

因みに、この〈マドンナ〉という〈あだ名〉は、野だいこが付けたようだ。「あだ名の命名」が得意の坊っちゃんが名づけた〈あだ名〉ではなかった。マドンナは、野だいこも認める別嬪さんということだろう。

もし、マドンナとうらなり先生の約束が、子供の頃からのものならば、なおさらのこと大切

に大切にしてあげたい。どうして赤シャツなんかに横取りされそうになりながら黙っているんだろう。それなのに、うらなり先生はマドンナに一言の言葉もかけずに延岡に行ってしまった。うらなり先生は、マドンナが好きではなかったのか。この辺がまた分からない。マドンナが好きだったのに、何も言わずに一人で延岡に行ったと言うなら、男としてあまりにも情けないではないか。

マドンナが、うらなり先生の許嫁ではなく、うらなり先生の片思いの女性であった、というのであればこれはしかたがない。赤シャツにくれてやればいいんだ。あっさり諦めて延岡に行くしかないだろう。それが「男」というものだ。

しかし、延岡に赴任する時点では、依然として、マドンナはうらなり先生の許嫁である事に変わりはなかった。マドンナが心変わりしたような様子もなかったのに……。

漱石は、うらなり先生を随分安っぽい男に仕上げてしまった。世間には、この程度の意気地のない男もいるんだ、ということか。或いは、学歴が高くて世間体（せけんてい）のいい男性を選ぼうとする「女性」特有の逞（たくま）しさを書いたものなのか。

マドンナとうらなり先生を、離れ離れにしてしまった漱石の意図は、私には永久に解けそうもない。漱石は、マドンナの行く末をぼかしてしまったのである。

さて、いよいよ、うらなり先生の赴任地、延岡に話を移すことにしよう。

◎延岡の〈漱石嫌い〉

うらなり先生は、とうとう延岡へ引っ越すことになった。その延岡に関する漱石の記述は、どうも延岡の読者にとっては、我慢ならないもののようであった。

『坊っちゃん』の読者は、

「当時の延岡という所は、随分辺鄙な土地だったんだな……」

程度の感想で済んだことだろう。気にすることなど何もなかった。ところがである。延岡の読者は、そうはいかなかったのだ。

――さて、さて、いよいよこれからが面白いのだ――

世界の文豪とまで言われている漱石様とやら、言ってくれるじゃありませんか。

延岡には、「花の都の電車」とやらが通ってなくて、大変悪うございました。

それじゃなんですか、延岡以外の土地には、どこへ行っても「花の都の電車」とやらが走っているとでも申されるのでしょうか。

また、「山の中も山の中、えらい山の中」とおっしゃいますが、この日本の国に、山があってはいけないのでしょうか。山があるからこそ、この国は、美しいのです。山のお蔭で空気が美しく、美味しい水が飲めて、山の幸も採れるのです。美しい山を眺めて心が和むのです。漱石先生！　あなたは山の価値を認識しておられないようですね。それに、「延岡」という地名のどこがいけないのでしょう。えっ？　何ですって……？　地名のことではなく、場所のことですって？　場所が悪いということでしょうか？　では、「延岡」は未開地とでもおっしゃるのでしょうか……。

もう一言、言わせていただきます。うらなり先生のことですが、随分情けない男に仕上げたもんですね。せめてマドンナくらいは、うらなり先生と一緒に延岡に来させてもよかったのではありませんか。何だか、「延岡には、安っぽい人間がよく似合う」とでも言わんばかりの扱いですね。

――と、手厳しい。まだまだ続く――

そうそう、お猿が住んでいるのがお気に障ったとか。それじゃお伺いいたしますが、延岡からそれ程遠くない所に、温泉で有名な観光都市・別府があります。

そのすぐ近くには、お猿の棲息地として名高い高崎山があります。漱石先生の論法でいけば、お猿が棲息するような山のすぐそばの別府などはとてもとても人様の住む所ではない、とでも仰せなのでございましょうか。

ところで、この際、はっきりと確認させて欲しいのですが、もしや、漱石先生のおっしゃる「猿」とは、「延岡」に住んでいる出来の悪い私達のことを指しておられるのではないでしょうねぇ。えっ！　やっぱりそうなんですか……。

そうですか、そうですか、そうとは少しも知りませんでした。

——と、この辺から怒り心頭に発するのである。結論は簡単である——

今後は、漱石先生の作品はいっさい読まないことに致します。どうせ私達、延岡の人間は出来の悪い「猿」なんでございますから、お偉い漱石先生のご本など、とてもとても読む能力など持ち合わせていないのです。

これで漱石と延岡の読者、いや、読者ばかりか、延岡にお住みの殆どの人達との縁は、プッリッ……と、切れたのである。

それでは、漱石は、一体全体、延岡のことをどのように書いていたのだろう。関係するそのあたりの記述を『坊っちゃん』から引用してみよう。
先ず、うらなり先生が延岡行きを簡単に引き受けたことについて、坊っちゃんが不思議に思っている場面では、次のように書かれている。

「花の都の電車が通(かよ)ってる所なら、まだしもだが、日向の延岡とはなんのことだ」

続けて、

「おれは船つきのいい（船から下りると、すぐ近くに目的地があって便利がいい）ここ（坊っちゃんが住んでいる所、つまり松山）へ来てさえ、一か月たたないうちにもう帰りたくなった。延岡といえば山の中も山の中もたいへんな山の中だ。赤シャツの言うところによると船から上がって、一日馬車へ乗って、宮崎へ行って、宮崎からまた一日車へ乗らなくっては着けないそうだ。（延岡という）名前を聞いてさえ、開けた所とは思えない。猿と人とが半々に住んでるような気がする。いかに聖人のうらなり君だって、好んで猿の相手になりたくもないだろうに、なんというものずきだ」

そして、下宿先の婆さんとの会話では、坊っちゃんは次のように話している。

「へん人をばかにしてら、おもしろくもない。じゃ古賀さん（うらなり先生のこと）は行く気はないんですね。どうれで変だと思った。五円ぐらい上がったって、あんな山の中へ猿のお相手をしに行く唐変木（とうへんぼく）（＝分からずや、偏屈な人物）はまずないからね」

さて、この辺の事情について、仕事の関係で延岡で暮らしたことのある私の友人は、次のように話していた。

「そう言えば、延岡では、確かに何人かの漱石嫌いに会いましたね。実際に延岡で暮らしてみれば分かりますよ。とは言っても漱石嫌いの人は、どちらかと言えば、まぁ、少数派かもしれませんが……。それに漱石は、『坊っちゃん』の何処にも、延岡の人のことを〈猿〉とは書いていませんよ。漱石は、多分、誤解されていたのではないでしょうか」

と。

『坊っちゃん』が発表されたのは、一九〇六年（明治三十九年）だ。あれから、今日まで、ざっと百十年余りが経過したことになる。それでもなお、延岡の何処かに、いまだに漱石嫌いの人がいるらしい。今後はいっそのこと松山に倣（なら）って、「『坊っちゃん』ゆかりの延岡」として、逆に『坊っちゃん』を街の発展に利用することを考えてもいいのではないか。松山市の「坊っちゃん団子」の向こうを張って、延岡市の「うらなり煎餅」というのはどうだろう。

その煎餅の表側には〈こちらは、おもてなり〉と書き、裏側には、勿論、〈こちらは、うらなり〉と書くんだ。売れる保証はできないが……。

また、松山市に「坊っちゃん列車」が走っているのであれば、延岡市には「うらなり人力車」とか、「うらなり馬車」ぐらい走らせてもいいのではないか。車の渋滞を避けて裏通りをスイスイ走るのだ。のどかでいい風景だ。

「この道は、裏なり！」

なーんちゃって……。

少々悪口を叩かれたからと言って、いちいち作者のことを好きだの嫌いだのと言っていたら、小説でも詩集でも何でも読めなくなってしまう。

さて、「延岡の漱石嫌い」の最後にあたり、山嵐が、うらなり先生の送別会の席上で述べた挨拶の一部を紹介しよう。

「（前略）……延岡は僻遠（へきえん）の地（ち）（＝都会から遠く離れた所）で、当地に比べたら物質上の不便はあるだろう。が、聞くところによれば風俗のすこぶる淳朴な所で、職員生徒ことごとく上代樸直（=昔から飾り気がなく正直で素直）の気風を帯びているそうである。心にもないお世辞を振りまいたり、美しい顔をして君子を陥れたりするハイカラ野郎は一人もないと信ずるからして、君のごとき温良篤厚（=おだやかで素直で人情にあついこと）の士は必ずその地方一般の歓迎を受けられるに相違ない。吾輩は大いに古賀君のためにこの転任を祝するのである……（後略）」

この山嵐の挨拶も、当然のことながら漱石が書いたものである。漱石の本心は、この山嵐の挨拶に込められていると思うが、延岡の皆様、いかがでしょうか……！

◎小樽の〈啄木嫌い〉

延岡の〈漱石嫌い〉のついでだが、これに似たような話で、小樽の〈啄木嫌い〉というのがあるそうだ。

これは、丸谷才一氏の「『坊っちゃん』と文学の伝統」に書かれていたのを読んではじめて知った。昭文社の小樽観光案内書などにも似たような解説があった。

つまり、『一握の砂』に収められている啄木の短歌の中に、「小樽の街」を詠んだものがあって、その中に、小樽の人々を侮辱した短歌がある、と言うのだ。

しかも、その短歌が歌碑にまで刻まれて、小樽の美しい海が見える水天宮さんに建てられているというのだ。小樽の人々にとっては、もう我慢がならないのである。

かなしきは　小樽の町よ
歌ふことなき人人の
聲の荒さよ

これが、小樽の人々に「啄木なんて、だいっ嫌い！」と、言わせた短歌だ。

「私たちの大切な小樽の街が、ここまで啄木に侮辱されているのに、何故、啄木の歌碑を建てなければならないんだ！」

とか、

「歌碑を建てるのは、まぁいいとして

啄木の歌碑
かなしきは　小樽の町よ
歌ふことなき人人の
聲の荒さよ
啄木

も、よりによって、何故この短歌なんだ！」

などと、随分もめたらしい。この短歌を詠んだ啄木の本当の気持ちを理解する事は難しいが、一般的には、普通、次のような解釈がなされているようだ。

「この小樽の街には、『うたごころ』をお持ちの方など何処にもお見かけしませんね。商都だとか何とか言っても、ただ、忙しそうにお金儲けに走り回っているだけじゃありませんか。こんな騒々しい街で暮らしていると、心に安らぎを持つことなどすっかり忘れてしまいそうです。折角の人生も、この小樽の街にいる限りでは、淋しいばかりです」

と……。

小樽の人々を刺激したのは、どうやら、この短歌の「歌ふことなき」というところのようだ。ところが、昭文社の小樽観光案内書によれば、

「小樽の生活がこのように生き生きとしたものであったからこそ、こうした短歌になったのではないだろうか。これはむしろ『小樽の名誉』と言うべきだ」

と解説されている。

素晴らしい考え方だと思う。この解釈ならば、啄木に腹を立てる必要など全くないのである。歌碑に刻まれて、素敵な水天宮さんに建てられたとしても、不思議な事ではない。

――やっぱり、世の中はプラス志向でなくっちゃ！――

ところで、この短歌にある

「かなしきは……」

の解釈について、以前、小樽に住んでおられた家内の友人、鏡谷葉子さんから、貴重なお話を聞かせていただくこととなった。

「言葉の解釈って、難しいですね。『かなしい』は、『悲しい、哀しい』と書けば『心がいたんでたえられない』とか、『いたましい』という意味になりますが、『愛しい』と書けば『いとおしい』とか、『かわいくてたまらない』という解釈になりますよ」

と、いう事だった。

私は、この短歌の「かなしきは」というのは、当然のように、「心がいたんでたえられないものは」とか、「いたましいものは」という意味に解釈していたので、些か慌てた。

啄木は、もしかして、ここをわざと「かなしきは」と、平仮名で書いて、あとは詠む人の解釈にお任せしましょう、と考えたのではないだろうか。

もし、啄木が「愛しきは」のように、「愛」という文字を使っていたとしたら、短歌の解釈は、今までの解釈とは少し違ったものになっていたのかもしれない。

「小樽はなんと愛おしい街なんでしょう。

ここに住む人々の力強く働く姿は、この街を一層、活気付けてくれるようで頼もしく思います。でも、時には手を休め、喜びや悲しみを短歌(うた)にする、というのもいいのではないでしょうか」と……。短歌の奥深さには、私など、とてもついて行けそうにない。ついでながら、小樽公園にもう一つ、啄木の歌碑が建てられている。これも先程の短歌と同じく『一握の砂』に収められている。

こころよく
我にはたらく仕事あれ
それを仕遂げて死なむと思ふ

ともに、啄木の「短歌」として、小樽を訪れる多くの旅人に深い感銘を与えるのである。

「小樽の啄木嫌い」と題して書き始めたが、「小樽の啄木大好き」とすべきだったのかもしれない。

こころよく
我にはたらく仕事あれ
それを仕遂げて死なむと思ふ
啄木

第十一章　漱石と子規

◎『坊っちゃん』の舞台が松山である根拠

「漱石と子規」について述べる前に、『坊っちゃん』の舞台が本当に「松山」であったのかどうか、その根拠について調べてみたい。

実は、小説『坊っちゃん』の中には、「松山」という地名は何処にも見当たらない。

「四国辺(あた)りのある中学校」

と、あるだけだ。にもかかわらず『坊っちゃん』の舞台は、やはり松山以外には考えられないのである。


それは、漱石が一八九五年（明治二十八年）に愛媛県尋常中学校（現在は県立松山東高校）に就職したという事実があるからである。つまり、『坊っちゃん』の随所に記載されている情報は、漱石が松山に住んでいたからこそ、知り得た事柄だった、という訳だ。

例えば、坊っちゃん、赤シャツ、野だいこの三人が魚釣りに行ったかの有名な「ターナー島」[※1]と呼ばれている無人島のことであるが、確かに『坊っちゃん』に記載されている通り、この島は、松山市高浜町の沖、約二百メートルのところに存在している。

また、坊っちゃんは「マッチ箱のような汽車」に乗って「住田の温泉」に行き、「三階建ての新築」の中にある温泉に入り、「花崗岩で出来た十五畳敷きぐらいの広さの湯壺」で泳いで、「泳ぐべからず」と札を貼られた……、とあるが、これらもまた、漱石が松山に住んでいたからこそ起こり得た事柄なのである。

すなわち、

「漱石が『軽便鉄道列車』に乗って『道後』に行き、一八九四年（明治二十七年）に建てられた三階建ての『道後温泉本館』の『神の湯』に入り、ここで気持ちよく泳いだ」

というのが真相のようである。

これだけ証拠が揃えば、このような舞台のモデルとなった所は、もう松山をおいて他にはないだろう。

【※1】〔ターナー島〕 この無人島は、赤シャツが「……ターナーの絵にありそうだね」と、言ったことから、広く〈ターナー島〉と呼ばれるようになった。漱石は、小説の中では、この無人島を〈青嶋〉と名づけているが、実名は「四十島（しじゅうしま）」と言う。

◎松山に持ち込んだ東京帝国大学

半藤一利氏は、『坊っちゃん』を「松山に舞台を移した東大批判の書」と、解説なさっておられる。私など、『坊っちゃん』を何回読んでもそのようなことには全く気づかなかった。半藤氏の解説を読まなければ永久に気づかないことであった。東大批判の書であると教えていただいて初めていろいろなことに思い当たったのである。

いつぞや、予（かね）てから見学したいと思っていた松山東高校を訪ねた時のことである。受付の窓口近くにおられた先生が、先ずは構内にある「明教館」や「史料館」[※1]を案内し、漱石に所縁（ゆかり）の品などの説明もしてくださった。その途中で、

「以前、作家の半藤一利氏が本校に来てくださって、漱石や『坊っちゃん』についての講演をしてくださったことがありました。県下の先生たちも沢山おいでになって、半藤氏の講演を熱心にお聞きになりました。そのときのお話によると、漱石が心の中で描いていた『坊っちゃん』の舞台は、実は、この松山の尋常中学校ではなく、東大だった、ということでしたよ」

と、話してくださった。

【※1】〔史料館〕　松山東高校創立九十周年を記念して建てられた史料館で、漱石に関する貴重な資料や写真などが保存され、管理されている。

◎松山の漱石大好き

漱石は、『坊っちゃん』の中で、松山の人々のことを随分悪く書いている。それでもなお、松山の人々は、漱石に愛着を持っている。

今更、フィクションの『坊っちゃん』について、「松山の悪口を書くなんて怪しからん！」などと言ってみても始まらないではないか、ということだ。そんなことより、『坊っちゃん』のお蔭で松山は随分有名になった、ということの方がはるかに嬉しいことなのだ。

或る日、道後温泉を訪ねた時の事であるが、カラクリ時計の前に、坊っちゃんスタイルで旅行者サービスに務める一人の青年がいた。

彼は、観光客の横に並んで一緒に写真の中に入ったり、カラクリ時計をバックに記念写真を撮る人の注文に応じてカメラのシャッターを押してあげたりしていた。

私は、その青年の手が空いたときを見計らって、漱石のことなど少し訊ねてみた。

「ちょっとおたずねしてもいいでしょうか」

「はい、何か……？」

「松山の人は、皆さん、漱石の事が好きなんでしょうか」

「さあー、どうでしょう。中には『漱石、漱石と、もういい加減にしてくれ。漱石ばかりが松山じゃないんだ』と言う方もおられるようですよ」

「へー！　ほんとですか……？」

「まぁ、ごく僅かの人でしょうけれど……。つまり、漱石がいなくても、松山には松山のいいところがあるんだ……、という事でしょうか。ただ……、本気で漱石を嫌っている訳でもなさそうです。そう言いながら漱石ファンだったりして……」

「アハハハ……、私は、松山の人ならば誰でも『漱石大好き』だと思っていました」

「松山といっても広いですから」

「そうですね」

「漱石、子規、虚子をはじめとする多くの作家達は、うまく観光資源に利用されているんじゃないか、と言う人もいます」

「はぁ……、観光資源？　利用？　そんな考え方もあるんですか？」

「『坊っちゃん団子』に『坊っちゃん列車』、みんなそうですよ」

「しかし、作家としての漱石の人気も、確たるものがあると思いますが……」

「おっしゃる通りです。観光に利用されている漱石と、作家としての漱石とを分けて考えた方が分かり易いのかもしれませんね」

「分ける？　……なるほど！」

「観光に利用されている漱石、という点では、松山の発展に随分貢献して貰っていますので、ほとんどの人は漱石に感謝しているのではないでしょうか。また、作家としての漱石のことですが……、『坊っちゃん文学賞』とか『坊っちゃん会』などというのがあるところをみると、やはり漱石ファンは多いようですね」

「……」

「しかし、若い年齢層に限って考えますと、『坊っちゃん』を知らない人も、結構いますよ！」

「はぁー？　ほんとですか……！」

「若い年齢層の人達が接する文化は、多様化してきました。『坊っちゃん』を読んでいないからと言って、決して不思議なことではないと思います」

「うーん、なるほど。ご尤もなお話です。私の認識不足でした。いろいろとありがとうございました」

この青年からは、松山といえども漱石に対する人々の思いはさまざまである、という事を教わった。観光に利用されている、というのも、彼の一つの鋭い分析だろう。しかし、それでもなお、漱石の存在は、松山では特別なものであると信じたい。

私は、道後温泉の坊っちゃんの間にある赤シャツ・たぬき・野だいこ達の写真を見たとき、胸躍らせて『坊っちゃん』を読んだ懐かしい少年時代を思い出すことができた。このような感動は、松山に来なければ決して味わう事のできない貴重な体験であった。

黒岩海岸に立ってターナー島を眺めながら、漱石に思いを馳せる事ができる喜びは、これもまた、実際に、松山に来なければ得られないものだ。たとえ、漱石や『坊っちゃん』が、観光に利用されているとしても一向に構わない。むしろ、利用されていない方が寂しく思う。松山の人々が、坊っちゃん、坊っちゃんと、楽しそうに騒いでいるのは、やはり漱石に親しみを感じているからだ。

漱石に「野蛮な所だ」とか「気のきかぬ田舎者だ」とか「不浄の地」などと悪口を言われながら、おおかたの松山の人々は、少しも漱石を恨みに思ってはいない。

それどころか、「漱石大好き」、「坊っちゃん大好き」と言って、漱石ゆかりの記念すべき品々や建築物などを尊敬の念を込めて大切に管理している。これは、もはや観光目的とか、商魂のたくましさという問題を越えているのではないだろうか。松山の人々の「心のゆとり」、「心の広さ」を感じるのである。

私には、高校時代からずっと続いている仲良しグループがあって、いまだにグループで信州、修善寺、箱根、嵐山などを訪ね、小旅行を楽しんでいるが、時には「漱石探訪の会」と洒落込んで、漱石ゆかりの地を訪ねることもある。

松山、道後を訪ねた時は、目的地を〔ターナー島が見える黒岩海岸〕、〔道後温泉〕、そして〔松山東高校〕と定め、漱石談議や坊っちゃん談議に明け暮れたのであった。

松山東高校の構内には、愛媛県指定有形文化財の「明教館」、その隣には松山東高校創立九十周年を記念して建てられた「史料館」があり、いずれにも漱石の思い出と偉業がしっかりと残されていた。

正宗寺の境内にある「子規堂」には、漱石と子規の思い出の品々が大切に保存されていた。

「俳句の道」には、漱石や子規の直筆の句碑が並べられ、街には、坊っちゃん列車が走り、お店には坊っちゃん団子が売られ、道後温泉には坊っちゃんの間、坊っちゃんのカラクリ時計などがあって、もう数え上げたらきりがない。

漱石が『坊っちゃん』に書いた悪口雑言など、松山の人々にとっては全く気にならない事柄だ。懐が深く、豊かな心をお持ちなのだと思う。泰然自若と言おうか、春風駘蕩と言おうか、細かい事は気にしないで笑い飛ばしながら、「いいよ、いいよ！」という。

なるほど、「伊予、伊予……の松山」だ。

漱石が描く『坊っちゃん』の世界は、松山に舞台を借りて演じる東大教授陣の人間模様劇の世界だった、とおっしゃる半藤一利氏の推理からすれば、「野蛮な所」というのは、松山のことではなく、東大の教授会に向けられていたものだったとも言える。ならば、松山の人々にとっては、なおさらのこと漱石を嫌う理由などなかったのだ。

松山の人々が漱石に好意を持っている理由について、もう一つ、思い当たる事がある。それは、漱石が、松山の誇りである正岡子規と、大変仲が良かったということである。尊敬しあい、深い友情で結ばれていた二人を、松山の人々は祝福していたに違いない。

子規は、一八九五年（明治二十八年）八月二十七日、病気療養のためでもあろうか、突然、松山に現れ、漱石の寓居「愚陀佛庵」に転がり込み、漱石と同居することになる。

漱石と子規は、俳諧を共通の趣味とする親しい間柄ではあったが、この時の漱石にとって最も大切なことは、俳諧の楽しみもさることながら、病気の子規を手厚く看病して快復させることであった。

この二人の厚い友情は、有名な西部劇『荒野の決闘』や、『トゥーム・ストーン』、『ＯＫ牧場の決闘』などの映画に出てくる保安官〈ワイアット・アープ〉と病弱なギャンブラー〈ドク・ホリディ〉の二人の友情にそっくりだ。

ワイアット・アープは、仇敵クラントン一家と決闘のためOK牧場に出向かうのであるが、ドク・ホリディは、ワイアット・アープから頼まれたわけでもないのに、アープを守ろうとして決闘に参加している。

後日談ではあるが、アープは、療養生活を続けるホリディを見舞うため、折に触れてコロラド州のサナトリウムに通い、そこでは、ホリディが得意とするギャンブルの相手をつとめていたそうだ。

漱石であれワイアット・アープであれ、助けを必要としている病弱な友人をしっかりと守ろうとする友情は、いつまでも私達の心を引き付けるのである。

さて、子規は、漱石の寓居「愚陀佛庵」にて療養生活を続けていたが、気がつけば五十四日間も経ち、病もいつの間にか癒えていた。

いよいよ上京する決心をした子規は、一八九五年（明治二十八年）十月十九日、故郷の松山を後にしたのであった。

子規の出発に先立ち、送別句会が催されることとなったが、その時、漱石は、子規との別れを惜しんで送別の句を詠んだ。子規も、「漱石に別る」として、応えて詠んだ。

漱石の句碑（右端）と、子規の句碑（左端）に囲まれて
著者（左）と漱石探訪の会のメンバー・小林和子さん

今日、この二つの句は、句碑となって、松山東高校の構内に並べられている。

この二つの句碑を、じーっと、眺めていると、いつの間にか　二人の人影となって、俳句のやり取りなどしながら笑い興じあっている姿に見えてくるのである。

何処からか、二人の話し声が微かに聞こえてくるようだ。

漱石が、

「静かな夜ですね」

と話しかける。子規が、

「星が綺麗ですね」

と応じる。

二人の声は微かな声であっても十分に聞き取れる距離にある。

漱石が、

「今夜のお題は？」

と、問えば子規は、

「今夜は、俳句はよしましょう。それよりも、仮病を使ってまでお訪ねになったという祥子お嬢様との出会いの様子をお聞かせいただけないでしょうか？」

と、逆に問う。漱石応えて曰く、

「私の青春を駆け抜けていった一瞬のそよ風……」

と。子規は、

「せっかく、祥子様の手まで握っておきながら、お返事が〔一瞬のそよ風〕だけでは残念です」

と、更に問い質す。しかたなく漱石は、

「水晶の珠を香水で暖ためて掌へ握ってみたような心持ち……」

と応える。子規は、

「ますます、分からなくなりました。まるで今風でいうミステリーですね」

と首を傾（かし）げる。漱石は、

「確かにその通りです。ミステリーのままそっとしておくのも、また、楽しいじゃありませんか」

と。

子規はしぶしぶ納得したような様子で、

「なるほど、そんなものでしょうか……。さて、夜も更けてきましたが、最後にもう一つ教えてください。あなたが、小説『坊っちゃん』を書きたくなった動機やいかに？」

「それは私の〔夢〕を『坊っちゃん』に託したかったからです」

「では、あなたの〔夢〕とは何でしょう？」

「私の〔夢〕とは、……それは〔希望〕です」

子規は、しばし沈黙のあと独り言のように、

「坊っちゃんの夢……ですか」

と。


二人の話し声はいつの間にか〔一瞬のそよ風〕に運ばれ消えていく。あとに残されたものは星明りに照らされた二つの句碑と静寂ばかり。

松山東高校は、誰もが認める『坊っちゃん』の故郷……、いつまでも仲良く並んでいるこの二つの句碑は、松山東高校の誇りであろう。

「送子規」
御立ちやるか
御立ちやれ　新酒　菊の花　　　漱石

「漱石に別る」
　行く我に
　　とどまる汝に　秋二つ　　　子規

「どうしても、東京に行かれるのですか。それではせめて、この秋に出来たばかりの新酒を味わい、菊の薫りをお楽しみになってからお立ちになってください。あなたのいない松山は淋しくなりますが……」

と、漱石が詠めば、子規は、

「これからは、私にもあなたにも違う人生が待っていることでしょう。素晴らしいことではありませんか……」

と、応えたのである。子規は、その後、再び松山に帰る事はなかった。

ここで、突然のことだが、ご報告したいことがある。

二〇一四年（平成二十六年）八月十三日付の朝日新聞に、『漱石、病気の妻思う句』との見出しで、漱石が、親友の俳人・正岡子規にあてた書簡が東京都内の古書店で見つかったとして、

「送子規」
御立ちやるか
御立ちやれ　新酒　菊の花
漱石

「漱石に別る」
行く我に
とどまる汝に　秋二つ
子規

「一八九七年（明治三十年）八月二十三日付で、俳句が九句書かれており、そのうち二句が未発表だった」

と記載されている（朝日新聞社・中村真理子氏）。

漱石が妻を思う心情をつづった珍しい句で、専門家によれば「きわめて貴重な資料だ」とのことである。

子規はこの年の五月に病状が悪化。俳人の長谷川櫂（はせがわかい）氏によれば、

「漱石は俳句を送ることで子規を慰めていたのだと思う。明治らしい、友情の手紙」

と、解説なさっておられる。

つまり、漱石は、単に自作の俳句を子規に見ていただく、ということだけではなく、

「その後、いかがお過ごしでしょうか。病

状が回復されていることを心から祈っています」と、子規を思いやる心情の方が本意であった、との解説である。

なお、前述の朝日新聞に紹介された漱石の未発表の二句は次の通り。

『愚妻病気、心元なき故、本日又鎌倉に赴く』

京に二日

また鎌倉の秋を憶ふ

『円覚寺にて』

禅寺や

只秋立つと聞くからに

最後に、松山がいつまでも漱石を大切に思っている、最も大きな理由を挙げさせていただきたい。

それは、小説『坊っちゃん』の存在である。

松山の人々は、漱石のことを、松山の尊敬すべき「世界の文豪」としていつまでも誇りに思っている。

秋の山
静かに雲の　通りけり

漱石

終り

あとがき

『坊っちゃん』の夢」取材に際し、先ずは、道後を訪ねなければならないと考えていた。

道後の観光案内所で、何となくパンフレットなどを眺めていたら突然、案内所の係の人から、

「何か、お尋ねでしょうか？」

と、声をかけられた。頂いた名刺には「松山城観光ガイド・越智勝人」とあった。これが越智さんにお会いした最初の出会いであった。本当に好運な出会いであった。

越智さんは、

「漱石が心に秘めていた本当のマドンナのモデルは、久保祥子さんという人のことです」

とか、

「ターナー島は、松があるからこそターナー島と言えるのです。一度絶滅した松を再生させた北岡杉雄氏の努力は松山の誇りです。彼がいなかったら、あの島は岩だらけのただの無人島になっていたでしょう」

などと貴重なお話を教えてくださった。

何も知らない私など、ターナー島の松なんて、勝手に生えているものと思っていたが、とんでもない間違いだった。

さて、「坊っちゃんのモデルは新潟県人だった」という思いがけない研究をなさっておられる勝山一義先生にお会いできた事も、大変な好運であった。

その勝山先生を私に紹介してくださった佐藤 勲様にも、心から御礼を申し上げたい。

勝山先生のこの新説が、一刻も早く世間に知れ渡り、漱石ファンのみならず、広く文壇の話題に上ることを祈っている。勝山先生が唱えておられるこの新説の面白さは、ところどころにキラッと輝く真実が見えたことである。

例えば、漱石の教え子の堀川三四郎氏の妻・絢（あや）さんは、多田満仲の子孫である石川一族の末裔であった、などという話は、私など、とても知る由もなかった。まして、坊っちゃんのモデルは、堀川三四郎氏と同じ教師仲間の関根萬司先生であった、などという突然の「新説」は、ただもう、呆然とするばかりであった。

更に、〈坊っちゃん〉という呼び名は〈ポンチャ〉という関根萬司先生のあだ名をヒントに命名されたものではないか、などという推理は、漱石研究家にとってはこれまで誰も唱えたことのない発見であろう。今後の研究課題として、大いに論じ合って欲しいものだ。

久保祥子さんの貴重な写真を提供してくださった久保 功氏（久保祥子さんのお孫さん）や、神田日勝の『馬（絶筆・未完）』の写真を提供してくださった神田日勝記念美術館の前館長・菅 訓章氏、ターナー島関係の写真を提供してくださった北岡杉雄氏、「越後の笹飴」と漱石の関係についていろいろと教えてくださった髙橋孫左衛門ご夫妻、会津民俗館で詳しく会津の歴史を説明してくださった渡部 認氏、皆様には、心からお礼を申しあげます。

私は、取材のため、随分、各地を歩き回ったが、不思議なことに、いつもグッドタイミングで、知りたいと思っていたお話を聞き取る事ができた。運が良かったから……、と言えば、それまでであるが、やはり皆様のご親切のお蔭であると、感謝している。

冬の「二季咲桜」の写真を撮りに彦根城を訪れた時も、絶好のタイミングで雪が舞ってきた。小さな紅色の桜の花の背景は、今、降ったばかりの美しい雪景色で飾ることができた。天候まで、私の取材に協力してくれた。

贋作の「脱線授業風景・ゼフィルスの巻」は、『坊っちゃん』の〈バッタ〉を〈蝶〉に置き換えたものであるが、この話は、私が、京都市のノートルダム学院小学校で教師をしていた頃の思い出からヒントを得て書いたものである。つまり、脱線授業ばかりして、生徒達と一緒に遊んでいた頃を懐かしんで書いた作品だ。当時の校長、シスター・クラリアは、教師になったばかりの私の事が心配だったのか、時々、私の授業を見に来てくださった。そんな時でも、私の授業はよく脱線していた。授業のあと、注意されるのでは……と思っていたら、にこにこしながら、

「イガラシセンセ！　イッツ・ナイス・アトモスフィア……！（いい雰囲気の授業でしたよ！）」

シスター・クラリア
ノートルダム学院小学校
第２代、第４代校長

と言って、喜んでくださった。ほっとした事を覚えている。

その後、シスター・クラリアは、アメリカに帰国され、セントルイスの修道院でお過ごしになっておられたが、二〇一五年九月二十五日、享年九十三歳で帰天されたとのことだった。もう一度、シスター・クラリアに来ていただいて、あの頃の生徒達と一緒に楽しかった「脱線授業」がしてみたかった。

さて、北岡杉雄氏からターナー島に関する嬉しいお話を聞かせていただいたのでお知らせしたい。それは、

「ターナー島の所有権は、以前は愛媛県にあったが二〇〇五年、愛媛県から松山市に譲渡さ

れることとなった。従って、現在は、松山市が島の管理を担当する事になっている。また、二〇〇六年の暮以降、このターナー島は、中国・四国地方では最初の『登録記念物（名勝地関係）』として指定されることとなった」

とのことである。

また、二〇一四年三月四日の朝日新聞夕刊には、「北岡杉雄氏は、一九七八年からマツのなくなったターナー島にクロマツの苗を植え始めたが、現在では二十四本のクロマツが定着し、移植したクロマツが落とした種子から芽生えた〈二世〉も四本が育ち始めた」という記事が載せられていた。

長きにわたって松の再生に情熱を傾けてこられた北岡氏の活動は、やっと、広く世間に認められることとなった。北岡氏は、「これまでの努力が認められたようで大変嬉しい。これからも行政と一緒に協力して松の保全に取り組んでいきたい」と、話しておられた。

二〇一四年一月九日の朝日新聞によれば、現在は地元有志で「ターナー島を守る会」を発足させ、街おこしの一環として「ターナー島の由来」の案内板を立てたり、ターナーの松の絵（チャイルド・ハロルドの巡礼――イタリア）の複製を展示したりしているとの事である。

松山の人々のみならず、全国の漱石ファン、いや、『坊っちゃん』を読んだ世界中の人々が、「いつまでも緑豊かな松が生い茂る美しいターナー島」であって欲しい、と願っている。

さて、悲しいお知らせがある。

「関根学園高等学校の初代校長・関根萬司氏こそが坊っちゃんのモデルであった」

という新説を唱えられた勝山一義先生は、二〇一五年五月十七日、間質性肺炎のためお亡くなりになった。享年七十九歳であった。

ここに、勝山先生（岳人）の辞世の句をご紹介したい。

うぐいすの
窓辺をあとに救急車　岳人

なお、勝山先生の最後の著作「続々・小説『坊っちゃん』誕生秘話・完結編」は、お亡くなりになった直後の七月八日に「たかだ越書林」から出版されている。

勝山先生とは、よく電話で情報交換などしていたが、先生は、

「いつかまた、近いうちに、坊っちゃん談議で楽しみましょう。お伝えしたい新説もありますので」

などと話してくださった。それを思うと残念でならない。

もしかして、今頃、天国では、漱石を訪ねた先生が、いつもの坊っちゃん談議に明け暮れな

がら、お二人で談笑しておられるのではないだろうか。

「なぁーんだ、それが真相でしたか」

などと膝を叩いておられる先生のお姿が目に浮かぶようだ。

著者

主な参考文献（本文中に明記したものは、ここでは除かせていただいた）

☆夏目漱石『坊っちゃん』角川文庫、一九九一年
本書の『坊っちゃん』からの引用は、この角川文庫からです。
☆夏目漱石『坊っちゃん』（『日本文学全集』河出書房、一九六七年）
☆夏目漱石『坊っちゃん』（『漱石全集第三巻』岩波書店、一九五六年）
☆夏目漱石『思ひ出す事など』（『文鳥・夢十夜』新潮文庫、二〇〇二年）
☆江藤淳『漱石の文学』新潮文庫、一九七九年
☆半藤一利『漱石先生ぞな、もし』文藝春秋、一九九三年
☆半藤一利『続・漱石先生ぞな、もし』文藝春秋、一九九六年
☆半藤一利『漱石先生　お久しぶりです』平凡社、二〇〇三年
☆半藤一利『漱石先生大いに笑う』ちくま文庫、二〇〇〇年
☆半藤一利『夏目漱石　青春の旅』（文春文庫ビジュアル版）文藝春秋、一九九四年
☆長山靖生「『吾輩は猫である』の謎」文春新書、一九九八年
☆星亮一『幕末の会津藩――運命を決めた上洛』中公新書、二〇〇一年

☆星 亮一『京都守護職』中央公論社、一九九八年
☆小谷野 敦『夏目漱石を江戸から読む ― 新しい女と古い男』中公新書、二〇〇〇年
☆内田百閒『贋作吾輩は猫である』福武文庫、一九九二年
☆長尾 剛『あなたの知らない漱石こぼれ話』日本実業出版社、一九九七年
☆藤森 清・編著「漱石のレシピ ―『三四郎』の駅弁」講談社プラスアルファ新書、二〇〇三年
☆中村英利子・編著『漱石と松山 ― 子規から始まった松山との深い関わり』
アトラス出版、二〇〇五年
☆加賀乙彦・他編著『夏目漱石』小学館、一九九一年
☆丸谷才一「『坊っちゃん』と文学の伝統」（一九九八年七月「現代」講談社）
☆出版記念「会津と長州」（二〇〇三年八月『財界ふくしま』財界21）
☆朝日新聞百年史編集委員会編『朝日新聞社史 明治編』朝日新聞社、一九九〇年
☆日本博学倶楽部「『県民性』なるほど雑学事典」PHP研究所、一九九八年
☆近藤英雄『坊っちゃん秘話』青葉図書、一九九六年
☆中山高明『夏目漱石の修善寺』静岡新聞社、二〇〇二年
☆関川夏央・谷口ジロー「『坊っちゃん』の時代」双葉社、一九九二年
☆関川夏央・谷口ジロー『不機嫌亭漱石』双葉社、一九九八年
☆文藝春秋特別版『夏目漱石と明治日本』文藝春秋、二〇〇四年

☆盛重ふみこ『ターナーの松・再生』日興書籍、二〇〇三年
☆高浜小学校ＰＴＡ郷土史編集委員会『たかはま』太陽印刷、一九七八年
☆秦　郁彦『漱石文学のモデルたち』講談社、二〇〇四年
☆愛宕原ゴルフ倶楽部ＲＥＶＩＥＷ編集委員『満願寺と民話』アールピー、一九九九年
☆手塚治虫『ゼフィルス』（『手塚治虫名作集1』集英社、一九九〇年）
☆English Heritage『ストーンヘンジ』English Heritage、二〇〇五年
☆勝山一義「小説『坊っちゃん』誕生秘話」文芸社、二〇〇九年
☆勝山一義「続・小説『坊っちゃん』誕生秘話」たかだ越書林、二〇一三年
☆勝山一義「続々・小説『坊っちゃん』誕生秘話・完結編」たかだ越書林、二〇一五年
☆佐藤嘉尚「孤高の『国民作家』夏目漱石」生活情報センター、二〇〇七年
☆神田日勝記念美術館所蔵作品図録『神田日勝』東洋印刷、一九九九年
☆倉田保雄『夏目漱石とジャパノロジー伝説』近代文芸社、二〇〇七年
☆阿刀田高『ことばの博物館』文春文庫、一九八九年
☆角田市歴史編纂『修訂版石川氏一千年史 ― 角田市史別巻1』一九一七年
（この書籍は勝山一義氏からいただいた）

以上

〈著者紹介〉

五十嵐 正朋（いがらし まさとも）

昭和11年　大阪生まれ
昭和35年　大阪学芸大学（現・大阪教育大学）卒
昭和35年〜昭和37年　ノートルダム学院小学校教諭
昭和37年〜平成８年　朝日新聞社勤務

著　書
「『坊っちゃん』の秘密」
『漱石のミステリー』
音楽が好きで、朝日カルチャーセンターでは、
コーラス教室の指導をしていた。

『坊っちゃん』の夢
名作『坊っちゃん』に秘められた
漱石の暗号と夢の数々

定価（本体1400円+税）

乱丁・落丁はお取り替えします。

2016年10月15日初版第1刷印刷
2016年10月21日初版第1刷発行
著　者　五十嵐正朋
発行者　百瀬精一
発行所　鳥影社 (www.choeisha.com)
〒160-0023 東京都新宿区西新宿3-5-12トーカン新宿7F
電話 03(5948)6470, FAX 03(5948)6471
〒392-0012 長野県諏訪市四賀229-1(本社・編集室)
電話 050(3532)0474, FAX 0266(58)6771
印刷・製本　モリモト印刷・高地製本

ISBN978-4-86265-583-7 C0095